용병들의 대지
Road of Mercenaries

용병들의 대지 6

이모탈 퓨전 판타지 소설

초판 1쇄 찍은 날 § 2016년 11월 18일
초판 1쇄 펴낸 날 § 2016년 11월 25일

지은이 § 이모탈
펴낸이 § 서경석

편집책임 § 배경근

펴낸곳 § 도서출판 청어람
등록번호 § 제387-1999-000006호
등록일자 § 1999. 5. 31
어람번호 § 제1-2570호

주소 § 경기도 부천시 원미구 부일로 483번길 40 서경B/D 3F (우) 14640
전화 § 032-656-4452 팩스 § 032-656-4453
http://www.chungeoram.com
E-mail § chungeorambook@daum.net

ⓒ 이모탈, 2016

ISBN 979-11-04-91059-3 04810
ISBN 979-11-04-90905-4 (세트)

이모탈 퓨전 판타지 소설

FUSION FANTASTIC STORY

용병들의 대지

Road of Mercenaries

6

도서출판 청어람

C O N T E N T S

CHAPTER 1

오크족과의 전투

"흐음."

아론이 나직하게 한숨을 내쉬었다.

"왜 그려슈?"

뜬금없는 아론의 한숨에 제라르는 무슨 일인가 싶어 그에게 물었다. 그러다 이내 아론이 바라보는 방향을 바라봤다.

"날 부르고 있군."

"불러? 대체 뭔 말이우?"

"골가스라는 자. 어느 정도 수준이지?"

아론은 제라르의 물음에 답을 할 생각도 하지 않고 무심하게 물었다. 그에 그의 곁에 있든 카툼이 멀뚱하게 아론을 바라보더니 입을 열었다.

"내 기억이 맞다면 그는 인간의 기준으로 소드 마스터이다."

"그래? 그렇다면 잘못 알고 있는 것 같군."

"그게 무슨 소린가?"

"지금 날 부르는 자가 있다."

아론의 말에 눈살을 찌푸리는 카툼이었다.

"너를 부르는 것이 골가스라는 것인가?"

"그렇게밖에 해석되지 않는군. 의념만으로 날 부를 수 있는 상대가 많지 않은 이상 말이지."

"어떻게……."

보이지 않는 상대에게 의념을 보낼 수 있을 정도의 수준이라면 자신이 아는 한 적어도 그레이트 마스터 정도의 수준에 올라야만 가능했다.

그런데 카툼이 아는 골가스는, 비록 어둠의 주술로 인해 재탄생되기는 했지만 결코 마스터 이상의 실력을 가지지 못했다.

"어쩌면 맞을지도 모릅니다."

그때 카툼의 곁에 있던 나르골이 조심스럽게 입을 열었다.

"그게 무슨 말인가?"

"그는 어둠의 주술로 신체만 강화된 것이 아닙니다."

"그렇다면?"

"우리가 알지 못하는 어떤 힘을 가지게 되었는지도 모릅니다."

"그것을 어떻게 장담하는가?"

"장담이 아니라 느낌입니다."

"느낌? 확실하지 않으면 내뱉지 말라."

"아니. 더 들어보도록 하지."

카툼의 말을 막고 나선 이는 바로 아론이었다. 그에 카툼은 계속 이야기해 보라는 듯이 턱짓을 해보였다. 그에 나르골은 조심스럽게 입을 열었다.

"과거 골가스가 막고라를 행한 것을 몇 번 봤습니다."

"막고라? 하지만 막고라는……."

"아직 전통을 지키고자 하는 오크들은 많습니다. 다만, 드렉타스의 힘이 너무 막강해 머리를 숙이고 있을 뿐입니다."

"비겁한 자들이다."

"그건……."

단숨에 나르골의 말을 잘라 버리는 카툼이었다.

"아니. 그것은 혼자만의 생존을 위한 것이 아니라 부족 전체를 이끄는 이들의 결정이라 할 수 있다. 너처럼 모든 것을 버리는 이들이 있는가 하면, 또 어떤 이는 모든 비난을 감수하면서 10년이 되었든 100년이 되었든 잊지 않는 자가 있다."

"…생각의 차이라는 것인가?"

"그렇다. 단지 대응하는 방식이 다를 뿐이지, 그들의 저항이 틀린 것은 아니다."

"그… 렇군."

카툼 역시 인정했다. 한 부족을 이끄는 족장이라면 개인의 생각대로만 할 수 없는 것이다. 족장이라는 자리는 그런 자리니까. 한 부족의 장이라는 것은, 그 부족을 이끌어 가야 한다는 것은 자신을 철저하게 희생해야 하는 자리였다.

자신은 그런 희생을 할 수 없어서 자신의 생각대로 추진했을 뿐이었다. 어떻게 보면 자신은 자리를 지키고 부족의 안전을 위해 스스로를 담보한 그들이 자신보다 더 훌륭한 자일 수도 있었다.

"다름을 인정하라는 말이다. 물론, 그들 중에 드렉타스의 정책을 전적으로 지지하는 자들 역시 있겠지. 하지만 모두 그러리라는 법은 없다. 나르골이나 모부투, 모두 그런 오크 전사들이 아니지 않은가?"

아론의 말에 카툼은 나르골과 모부투를 슬쩍 바라봤다. 그들은 자의에 의해 자신의 휘하로 들어왔다. 자신이 과거 대족장이었다고는 하지만 지금은 도망자일 뿐이었다. 세력도 없고, 인간의 편에 들어서 숨어 있다고 해도 과언이 아닌 상태였다.

그러함에도 불구하고 그들은 스스로 자신의 휘하로 들어온 것이다. 자신의 가족과 친구들을 버리고서 말이다. 그들은 용감한 자들이었고, 진정한 오크 전사들이라 할 수 있었다. 옳은 일을 위해 목숨을 바치려 하고 있었기 때문이다.

"미안… 하다."

결국 카툼은 어렵게 나르골과 모부투에게 사과의 말을 했다. 그에 오히려 나르골과 모부투는 어쩔 줄 몰라 하며 당황할 수밖에 없었다. 그는 스스로 대족장이 아니고 도망자라고 했지만, 어쨌든 그는 대족장이였던 자였고, 전대 대족장의 후예였다.

그러한 그가 자신보다 낮은 전사에게 머리를 숙인다는 것은 그리 쉬운 일이 아니었기 때문이었다.

"이. 이럴 필요까지는……"

"전사는 자신의 잘못을 인정할 줄 알아야 한다."

"그것은……"

"그것이 아무리 약자라 할지라도 말이다. 힘이 모든 것에 우선할 수는 없는 법이다. 그 때문에 지금의 우리는 이렇게 원하지 않는 방향으로 가고 있는 것이니까 말이다."

"그……"

결코 틀린 말이 아니었다.

그런 카툼의 말에 베이얀 대주와 볼케이노 대주는 가볍게 고개를 끄덕일 수밖에 없었다. 오크들에게 있어서 전사는 인간에게 있어서 기사와 같은 자들이었다. 어떻게 보면 그들은 인간들의 기사들보다 더 기사다움을 가지고 있었다.

이유는 아직 그들은 그들만의 고유의 전통을 간직하고 있었기 때문이었다. 상황이 진정되자 나르골은 자신의 말을 계속 이었다.

"그 몇 번의 막고라에서 그는 상대를 살려두지 않았습니다."

"패배를 인정했음에도 말인가?"

"그렇습니다."

"그런……."

"드렉타스의 충실한 하수인인 그로서는 어쩌면 당연한 일이었을지도 모릅니다."

"끄응."

"어쨌든 그때마다 그는 잔인하게 죽인 이들의 심장을 뽑아 씹어 먹고, 손으로 그들의 피와 영혼을 갈취했습니다."

"피와 영혼을 갈취하다니 그게 무슨……."

"드렉타스의 수족들은 손바닥의 중심에 검은색의 둥근 원이 그려져 있습니다."

"둥근 원?"

"그저 보기에는 둥근 원이지만 실제 자세히 보면 악마의 얼굴이라 할 수 있습니다."

"그것을 어떻게 아는 것인가?"

"언젠가 한번 술자리를 가진 적 있습니다. 그때 골가스는 일일이 모든 전사들에게 술을 따랐습니다. 좀처럼 술을 마시지 않는 그였지만 그날만큼은 상당히 거나할 정도로 술을 마셨지요."

"그때 보았다는 것인가?"

"그렇습니다. 그것도 상당히 자세하게 볼 수 있었습니다."

"그런데 그게 무슨 상관인가?"

"골가스는 그 손바닥으로 피와 영혼을 갈취했습니다. 뚜렷하게 현상을 볼 수 있을 정도로 말입니다. 그리고 그것을 당한 이들은 푸석하게 피골이 상접한 상태로 되었다 이내 바람에 쓸려 허공으로 사라졌습니다."

"그런……."

"그렇다면 가능할 수도 있겠군."

그때 나르골을 말을 듣고 있던 아론은 고개를 끄덕이며 입을 열었다.

"무슨 말인가?"

"어둠의 마법에 영혼을 갈취해 자신의 정신력이나 마나를 채우면서 자신의 실력을 비정상적으로 빠르게 키워 나가는 이들이 있지."

"뭐 그런……."

아론의 설명에 제라르나 얀센은 살짝 눈살을 찌푸렸다.

"그렇다면 그들은 인간과 다르지 않잖습니까?"

"그렇지. 미망에서 깨어나는 그 순간 그들은 오크가 아닌 인간과 어울리는 유사 종족이 되어버렸고, 탐욕에 젖어들어 버렸다. 오크는 미망에서 깨어나자마자 과거 그들의 선조들이 저질렀던 일을 그대로 답습하고 있는 거지."

"그렇다는 것은……."

"이 상황이 지속된다면 과거의 역사가 그대로 반복된다고 할 수 있겠지."

"끄응."

아론의 말에 카툼을 비롯한 오크들은 얼굴은 급속도로 어두워졌다. 두 번 다시는 과거로 돌아가고 싶지는 않았다. 깨어난 후 과거의 모든 기억이 사라졌다기보다는 짐승처럼 사라졌던 과거가 더욱 선명하게 그들의 뇌리 깊숙하게 자리 잡고 있었기 때문이었다.

"그러지 않기 위해 노력해야만 하겠군."

"그렇지."

"그건 그렇고 어떻게 할 것인가?"

"뭐를 말인가?"

"너를 부른다고 하지 않았던가?"

"그랬지."

아론의 태도에 오히려 물어봤던 카툼이 멍해질 정도였다.

지금 아론의 표정은 그런 것은 전혀 문제되지 않는다는 것 같았다.

"…자신 있는가 보군."

"자신 없을 것도 없지."

"너는 그렇다 치고 저들은……."

"그들 모두를 내가 책임질 수는 없지."

"무리를 이끄는 자로서 너무 무책임한 말이지."

카툼은 말도 안 된다는 듯이 불만을 토로했다. 하지만 아론은 여전히 무표정했다. 그에 카툼은 제라르와 얀센을 바라봤다. 그들 역시 다르지 않았다. 오히려 그런 것을 왜 묻는지 모르겠다는 그런 표정이었다.

"우리는 보호 받아야 할 자가 아니라 보호하기 위해 강해져야 할 사람들이다. 이 정도도 헤쳐 나가지 못한다면 다른 사람을 이끌고 보호할 자격이 없는 것이겠지."

"스스로 자격을 증명한다는 것인가?"

"전사도 그렇지 않은가?"

"그렇군. 너희들은 전사들이었군."

그에 제라르가 카툼을 보며 씩 웃어보였다. 보통의 인간들이라면 오크에게 그런 소리를 듣는 것이 그리 마음에 들지 않을 법도 한데 제라르는 아니었다. 그에게 있어서 오크는 이미 몬스터로서의 존재가 아니라 유사 인류로서 존재하는 하나의 지성체로 인정한 것이었다.

그러니 그의 칭찬이 결코 나쁘지 않았다.

"그건 그렇고……."

"아마도 대장님을 부르고 있다는 것은 멀지 않은 곳에 그가 있을 수 있다는 말이 될 겁니다."

그때 브라이언이 자신의 의견을 피력했다.

"그런가? 어떻게 하면 되지?"

"대장님이 골가스를 맡아주시면 됩니다."

"그건……."

그때 카툼이 입을 열었다. 그에 아론은 손을 흔들어 그를 제지했다.

"더 이상 드러나서는 별로 좋을 게 없지."

"하지만."

"지금은 힘을 길러야 할 때이지 사심으로 일을 그르칠 때가 아니야."

아론은 단호했다. 그에 카툼은 한참동안 말없이 아론을 쏘아볼 뿐이었다. 마음에 들지 않는다는 무언의 항변이었다. 하지만 아론의 눈동자는 전혀 흔들림이 없었다. 그에 카툼은 가볍게 한숨을 내쉰 후 고개를 저었다.

"꼭… 그래야만 하는가?"

"꼭 그래야 한다."

"마음에 들지 않는군."

"마음에 들지 않는다고 해서 모든 일을 망칠 수는 없는 법이지."

"단호하군."

"지금은 때가 아니니까."

"인정할 수밖에 없군."

"지금 너의 세력은 겨우 너의 뒤에 있는 1백 명이 전부니까."

"그렇군. 나는 저들을 소중히 여겨야 하는 거였군."

"당연한 것을. 네가 다시 부족을 회복하기 위해 그 기반이 되어줄 이들이니 당연한 것이다. 지금 내실을 다지지 않으면, 앞으로는 이런 기회는 더 이상 없을 테니까."

"알았다."

카툼도 인정했다.

자신의 욕심 때문에 모든 것을 바쳐 자신에게 귀의한 수하들을 죽음으로 내몰 수는 없었다. 그것이야말로 지극히 이기적이고, 부족을 멸족시키는 근본이라고 해도 상관없을 것이다. 카툼이 고집을 꺾자 브라이언이 나섰다.

"현재 우리의 전력은 그레이트 마스터 두 명과 소드 마스터 한 명. 그리고 최상급의 기사들까지 골가스가 이끄는 오크 족들이 얼마나 많을지 모르지만 절대 우리를 어찌할 수 있는 수

준은 아니라고 봅니다."

"그렇겠지. 어떻게 보면 나와 얀센만 하더라도 얼마 남지 않은 그들을 전멸시킬 수 있는 전력이니까."

"그렇습니다. 때문에 최대한 부상을 막아야 합니다. 이곳에 있는 이들은 귀중한 전력이니 말입니다."

"알겠다. 그래서 계획은?"

"우선 대장님이 골가스를 불러내면 카툼 님이 나서주셔야겠습니다."

"내가 나서서 그들을 골가스와 반대편으로 유인하라는 말인가?"

"아마도 골가스는 자존심 때문에라도 반드시 홀로 대장님을 상대하려 할 것입니다."

"그렇겠지."

아무리 변하고 타락했다 하지만 골가스의 근본은 바로 오크였다. 그리고 중요한 것은 오크들의 인간에 대한 감정은 생각 외로 그 깊이가 깊어 절대 물러서고자 하지 않을 것이기 때문이었다.

"그렇게 되면 그들 중 천인대를 이끄는 오크 전사는 카툼 님의 실력을 알기에 결코 혼자 덤벼들지 않을 것입니다."

"합공한다는 것인가?"

"그렇습니다. 그리고 얀센과 제라르는 그때를 같이하여 주술사를 제거하면 될 것입니다."

"어렵지 않군."

얀센의 말에 히죽 웃는 브라이언이었다.

"두 사람이기에 어렵지 않은 것이지. 다른 사람들이라면 절대 쉬운 일은 아니지."

"여튼 걱정 꽉 붙들어 매슈."

"믿는다."

"그러면 우리는 무엇을 하면 되는가?"

모두가 각자 역할이 정해지자 볼케이노 대주가 물었다.

"두 분은……."

그에 둘을 바라보며 브라이언이 슬며시 미소를 떠올리며 입을 열었다.

"단 하나의 오크도 벗어나지 못하도록 하시면 됩니다. 죽일 수 있으면 죽이시고, 여의치 않으면 그들을 카툼님의 휘하에 들도록 항복을 권유하는 것도 나쁘지 않습니다."

"별로 할 일이 없을 것 같군."

그에 베이얀 대주가 퉁명스럽게 입을 열었다. 지금 상황에서 카툼은 오크들을 자신의 휘하로 들이기 위해 안간힘을 쓸 것이다. 그런데 그 앞에서 오크들을 죽인다는 것이 껄끄러웠기 때문이었다.

"스스로 항복하는 자를 제외하고는 죽여도 된다."

그때 카툼이 입을 열었다.

"정말 그래도 되나?"

"강제적으로 휘하에 든 자가 나를 배신하지 않을 것이라고 생각하나?"

"그건… 아니군."

"미안해할 필요도 나를 의식할 필요도 없다."

"그러도록 하지."

이제 모두 자신만의 위치가 정해졌다.

"이제 끝났나?"

"그렇습니다."

"그럼 움직이도록 하지."

*　　　*　　　*

번쩍!

눈을 감고 있던 골가스의 눈이 뜨였다.

"크르르."

그의 입에서는 짐승의 울부짖음이 흘러나왔다.

그리고 자리에서 벌떡 일어나 자신의 키보다 더 큰 봉을 집어 들었다.

"어디를 가시렵니까?"

그에 그의 그림자라 칭해지는 카즈코가 조심스럽게 물었다.

"나를 부른다."

"그게 무슨……."

"인간 전사 놈이 나를 부른다."

"가시렵니까?"

"가야지."

나직하게 으르렁거리며 입을 여는 골가스. 그에 카즈코는 결코 골가스를 막을 수 없다는 것을 느끼고 나직하게 한숨을 내쉬었다.

"그렇다면 인간 놈들의 병력이 이 근처에 왔다는 것을 의미합니다. 명령 계통을 확실하게 지정해주시기 바랍니다."

"임시로 네가 사령관의 임무를 맡는다."

"공식적으로 발언을 해주시길 바랍니다."

"온구엔과 보르카, 드레코와 타타우를 모두 소환해라."

"알겠습니다."

명령 이후 그들 네 명이 골가스의 막사에 도달하는 것은 촌각의 시간이었다.

"내가 없는 동안 카즈코가 나를 대리한다."

"그게 무슨……."

"명령이다."

"…따르겠습니다."

잠시 머뭇거리던 온구엔이 입을 열었다. 그의 얼굴은 명백하게 불만이 가득했다. 그도 그럴 수밖에 없는 것이 온구엔은 골가스의 친위대의 대장이었다. 그런데 자신을 두고 카즈코가 사령관이라니 좀처럼 받아들이기 힘든 명령이었기 때문이었다.

그것은 보르카나 드레코, 그리고 타타우 역시 마찬가지였다. 자랑스러운 전사가 뒤에서 주술이나 읊어대는 주술사의 명령을 받아야 한다는 것이 마음에 들지 않았다. 하지만 명령이 하달된 이상 지키지 않을 수 없었다.

"그리고 전투가 벌어졌을 시 온구엔이 사령관이 된다."

"알겠습니다."

그에 '그럼 그렇지'라는 표정을 지어보이며 즉시 답을 하는 네 명의 천인장들이었다. 전시와 평상시를 나눠 명령을 내린 것이다. 카즈코는 이미 언질이 있었던지 별다른 표정을 지어 보이지 않고 있었다.

모든 명령을 하달한 골가스는 곧바로 자신의 봉을 들고 막사를 나섰다.

"홀로 가십니까?"

온구엔이 물었다.

"전사로서 행하는 일이다."

"알겠습니다."

골가스의 말에 곧바로 온구엔은 뒤로 물러났다. 더 이상 왈 가왈부하지 말라는 강력한 의견의 표명이었으니까 말이다. 그 런 온구엔과 세 명의 천인장, 그리고 수석 주술사 카즈코를 뒤로 하고 골가스는 대지를 박차고 날아올랐다.

그의 신형은 어찌나 빠른지 마치 공간과 공간을 뛰어 넘는 것과 같은 모습이었다. 그렇게 얼마를 달렸을까? 상당히 널찍 한 바위 위에 한 명의 인간이 존재했다. 마치 따뜻한 햇볕을 받기라도 하듯이 앉아서 어깨에 양손대검을 올려놓은 채 전 혀 긴장감 없는 모습이었다.

휘익!

턱!

단숨에 몇 십 미터의 공간을 접어 인간과 거리를 두고 내려 서는 골가스. 그제야 숙이고 있던 고개를 들어 골가스를 바라 보는 인간.

"네놈이 날 불렀나?"

먼저 묻는 것은 골가스였다.

"네가 불러서."

"흐훗! 인간 놈치고는 담이 크군. 도망가지 않다니 말이야."

"흐훗! 오크 놈치고는 담이 크군. 오란다고 오다니 말이야."

똑같이 돌려주는 자.

그는 바로 아론이었다.

그런 아론의 말에 골가스는 눈살을 찌푸렸다. 성정이 폭급하다면 반드시 분노를 폭발시켰어야만 했다. 하지만 골가스는 그저 눈살을 찌푸릴 뿐이었다. 그런 골가스의 모습에 아론은 가볍게 혀를 찼다.

"생각보다 무식하지 않은 모양이군. 앞뒤 가리지 않고 덤벼들 줄 알았는데."

"오크 족의 전사는 대결을 신성시한다."

"그래서. 대결에서 진 자의 피와 영혼을 갈취하는 것인가?"

아론의 말에 흠칫 놀라는 골가스.

"카툼에게 들었나?"

"뭐 그렇다고 해두지."

"종족의 배신자 같으니."

"글쎄. 그건 모를 일이지. 카툼이 종족을 배신했는지 너희들이 종족을 배신했는지는 말이다."

한마디, 한마디가 묘하게 사람의 마음을 후벼 팠다. 그에 골가스는 어깨에 걸쳤던 봉을 바닥에 내리며 입을 열었다.

"간사한 인간 놈 같으니."

"미련한 오크 족 같으니."

똑같은 말로 되돌려 주는 아론. 그에 골가스는 말로써는 절대 그를 감당할 수 없다는 것을 알고 봉을 끌며 느릿하게 걸음을 옮겼다. 어차피 죽이기 위해 왔는데 대화라는 것이 무에 필요할까?

'죽이면 되는 것을.'

골가스는 피식 웃으며 자신의 행동을 스스로 비웃었다. 그리고 한 가지를 깨달을 수 있었다.

자신은 지금 긴장하고 있었다. 평소 오크 족보다 못한 강인함을 가지고 있는 인간 놈을 보고서 긴장해서 쓸데없는 말을 섞고 있었던 것이다.

'나약해 졌군.'

나약해 졌다.

그동안 오크 족 중에서도 자신을 상대할 만한 전사들을 찾아보지 못했다. 있다면 대족장인 드렉타스 정도일 것이다.

물론, 자신의 경지가 겨우 대전사의 위치이겠지만 전투라는 것이 꼭 어떤 단계를 통해서만 가늠되는 것은 아니었다.

싸우기 위한 마음의 준비.

끝없이 그리고 포기하지 않는 불굴의 정신.

거기에 누구도 따라올 수 없을 만큼의 체력과 적절한 상황 판단까지.

그 모든 것이 하나로 어울려야만 진정한 전사라 할 수 있었다. 자신이 겨우 대전사라고는 하지만 대족장인 드렉타스와 싸워 오랫동안 견딜 수 있었던 이유가 바로 그것이었다.

'나는 완벽한 전사다.'

스스로 그렇게 다짐하고 다시 인간 놈에게 시선을 두었다.

"안 올 건가? 겁먹은 건가?"

그에 골가스는 송곳니를 훔치며 날카롭게 웃었다.

"어쭙잖은 도발인가?"

"그래. 어쭙잖은 도발이지. 하지만 지금 네놈의 모습을 보면 비 맞은 생쥐 모양으로 처량하기 그지없구나."

"큭! 실로 오랜만이군. 허나! 각오해야 할 것이다. 나를 도발한 대가는 크니까."

"그래. 그 대가를 한번 치러보자."

그러면서 손을 들어 검지를 까딱거리는 아론. 그에 골가스의 눈이 서서히 붉어지며 그의 등 뒤로 아지랑이와 같은 것이 너울거리기 시작했다.

"크아압!"

그리고 있는 힘껏 대지를 박차 봉을 들고 아론을 향해 달려들었다. 아론 또한 그런 골가스를 향해 달려 나갔으며, 둘은 마침내 거대한 폭음과 함께 부딪쳤다.

콰아아아앙!

"크읍!"

답답한 신음이 누군가에게서 흘러나왔다. 그 진원지는 바로 골가스의 입이었다. 골가스는 거의 4미터에 이르는 거대한 체구였다. 그와 맞서는 아론은 고작해야 1미터 80정도의 신장이었다. 거의 2미터의 신장 차이에도 불구하고 이마에 혈관 마크를 찍는 것은 바로 골가스였다.

말도 안 되는 현상이었다.

골가스는 큰 신장과 압도적인 힘으로 위에서 아래로 찍어 눌렀다. 하지만 아론은 전혀 힘들이지 않고 그의 봉을 막아내고 있었다. 아니 오히려 웃고 있었다.

"너 물 살이냐?"

"끄으응!"

하지만 골가스는 대답할 수 없었다. 물 살이라는 것이 무슨 말인지도 몰랐고 말이다. 중요한 것은 자신의 허리에도 오지 않는 인간 놈을 자신이 어찌하지 못하고 있다는 것이었다. 그래서 더 분노하고 화가 났다.

그의 눈동자가 피처럼 시뻘겋게 물들어갔고, 마침내 동공과 눈동자조차 사라져 온통 검은색으로 변해가기 시작했다.

"크크크큭!"

그리고 기괴한 웃음을 흘려냈다.

"뭐가 그리 좋은가? 설마 지고 있는 것을 즐기는 것은 아니겠지."

아론은 끝까지 이죽이고 있었다. 그런 아론을 보며 골가스는 스스로 체구를 줄였다.

"거 편리하군. 키를 늘였다 줄였다 할 수 있고."

하지만 말과 달리 아론의 얼굴은 살짝 긴장할 수밖에 없었다. 보통 사람들은 큰 체구를 가지면 강력하다고 생각한다. 하지만 아론의 입장에서 보자면 커다란 체구가 줄어든다는 것은 그만큼 압축이 되었다는 것을 의미했고, 더욱 강력해졌다는 것을 의미했다.

골가스의 신형이 줄고 줄어 마침내 아론과 시선을 맞출 정도가 되었을 때 아론은 골가스의 봉을 밀어내고 멀찍이 떨어져 그를 지켜보았다.

"이제 준비가 끝난 것인가?"

"크큭. 고맙다고 해야 하나?"

그러면서 골가스는 고개를 돌려 뻣뻣해진 목을 풀었다.

"그래. 이제야 조금 해볼 만하군."

"죽인다."

그 외의 말은 필요가 없었다.

골가스는 줄어든 신체에 어느새 적응하고 곧바로 아론을 향해 봉을 휘둘렀다.

그의 봉에는 검녹색의 오러 블레이드가 솟아 있어 보기에도 섬뜩해 보였다. 허나, 아론은 별로 신경 쓰지 않는 듯싶었다.

"몸이 작아졌어도 여전히 멍청하구나."

"죽어라."

수없이 많은 봉의 잔영이 아론의 전신으로 쇄도했다. 하지만 아론은 가볍게 스텝을 밟아 피해낸 후 곧바로 스페이스 로드를 열고 스치듯이 지나갔다.

스걱!

베어졌다.

분명 아론의 손에 느껴지는 감각은 그러했다. 그리고 아론은 뒤를 돌며 골가스를 바라봤다. 골가스의 목에는 미세한 혈선이 생겨났다. 하지만 골가스는 쓰러지지 않았다. 아주 잠깐 움찔했을 뿐이었다.

그러다 느릿하게 목을 쓰다듬은 후 입을 열었다.

"뭐지?"

"내 밥줄을 너에게 알려줄 필요는 없지."

"그런가?"

"그런데… 역시 키메라인가?"

"키메라? 크큭. 나는 오크 족의 전사다."

"내가 보기에는 흑마법, 아니 어둠의 주술이라고 해야 하나? 그래. 어둠의 주술이 맞겠군. 어둠의 주술에 의해 만들어진 마리오네트일 뿐이다."

"감히!"

"오크 족을 비난하는 것은 아니다. 하지만 그래서 얻은 게 뭐지? 결국 넌 나에 대한 정보를 너를 만든 놈에게 넘기는 것 그 이상도 이하도 아니지 않은가?"

"감히 드렉타스님을 비하하지 말라."

"오크나 사람이나. 다들 사실을 사실대로 말을 하면 화를 내더군."

"죽인다!"

씹어 삼키듯이 외친 골가스가 아론을 향해 봉을 휘둘렀다. 검녹색 봉의 잔영이 허공을 수놓았다. 하지만 그것이 모두 허상이 아닌 실체를 가진 봉이라는 것이 문제였다. 아론 역시 가만히 있지 않고, 투박한 대검을 휘둘렀다.

파가각! 콰아앙!

퍼버버벙!

아론의 투박한 대검과 맞부딪친 봉은 검은 화염을 남기며 터져 나갔다. 그럴 때마다 골가스는 움찔거렸으며, 또 다른 봉을 허공에 만들어 냈다. 그와 동시에 등 뒤에서 넘실거리던 검은 그림자가 진득하고 기괴한 촉수가 되어 아론을 향해 쇄도했다.

촉수는 전후좌우가 없었다.

뒤에서 날아들었고, 땅속을 파고들어 발밑을 공격해 들어오기도 했고, 허공을 날아 머리를 공격해 들어오기도 했다. 하지만 그 어떤 것도 아론의 신체를 가격하는 경우는 없었다.

'스페이스 베리어.'

공간의 방어막이 형성되어 있었기 때문이었다.

'스페이스 소드.'

그리고 동시에 공간 검을 시전했다. 그 순간 골가스는 갑작스레 형언할 수 없는 위화감을 느끼고는 급격하게 몸을 틀었다.

피이이잇!

그가 몸을 트는 동시에 그의 질기디질긴 가죽을 뚫고 검녹색의 핏물이 튀어 나왔다.

"크윽!"

골가스는 정신이 아찔해짐을 느꼈다. 그저 스쳐 지나갔을 뿐이거늘 자신의 원천이라 할 수 있는 검은 투기가 흔들리는 것 같았기 때문이었다. 그리고 새로운 몸으로 바뀐 이후 그는 고통을 느낀 적이 없었다.

상처가 난다 하더라도 그야말로 순식간이라 할 정도로 빠르게 아물어 버렸다. 팔이 잘린다 해도 잘릴 때와 다르지 않은 속도로 재생되었다. 그런데 도대체 이건 뭐란 말인가? 가벼운 생채기일 뿐이었다.

그런데 생채기가 회복되지 않았다. 그리고 그 생채기 속으로 기묘한 이물질이 침투해서 전신 혈관을 타고 이동하기 시작했고, 그의 전신을 불에 타오르는 듯한 지독한 고통에 정신이 아득해질 정도였다.

"조금 뜨겁지?"

아론은 얄밉게 이죽였다. 그 고통을 참고 골가스는 아론을 공격해 보았지만 이전과 같은 날카로움이나 혹은 과격함은 볼 수 없었다. 그럴 수밖에 없는 것이 참을 수 있을 것이라고, 이 정도는 아무것도 아닐 것이라고 생각했지만 절대 그렇지 않았기 때문이었다.

그 순간 아론은 다시 스페이스 로드를 열었다.

스각! 스각! 스가가각!

수없이 많은 검이 골가스의 전신을 할퀴고 지나갔다.

"크으… 아아아악!"

기어코 골가스의 입에서는 거대한 비명이 터져 나왔고, 동시에 작아져서 압축되어졌던 그의 신형은 다시 원래의 신장으로 돌아가기 시작했다. 아론은 이번에는 기다려주지 않았다. 투박한 대검 끝으로 골가스의 심장을 찌르고 들어갔다.

"크하악!"

아론의 대검은 너무나도 쉽게 골가스의 피육을 뚫고 심장에 박혀들었다. 그 순간 아론은 쥐고 있던 대검을 맹렬하게 회전시켰다.

"크아아악!"

골가스는 봉을 놓아버린 채 자신의 심장을 분쇄하고 있는 아론의 대검을 두 손으로 잡으며 괴성에 가까운 비명을 질렀다. 하지만 아론의 대검에는 자비란 존재하지 않았다. 자신의 대검을 잡은 골가스의 두 손마저 갈아버리기 시작했다.

콰드드득!

피륙이 잘리고 뼈가 분쇄되며 갈려 나가기 시작했다. 손과 심장이 완전히 사라졌다. 하지만 골가스는 여전히 죽지 않고 끊임없이 재생하려고 했다.

"괴물은 괴물이로군."

보통 이 정도면 이미 저승행이라고 봐도 무방하지 않았다. 하지만 골가스는 끈질기게 살아남으려 했다. 그에 아론은 투박한 양손대검을 더욱 깊숙하게 꽂아넣으며 나직하게 입을 열었다.

"스페이스 익스플로젼!"

파아악!

그가 외치는 그 순간 그가 쥔 양손대검에서 밝은 빛이 터졌다. 그리고 끈질기게 재생하려 노력했던 골가스의 신체는 순간적으로 우뚝 멈추고야 말았다.

쩌적! 쩌저적!

그리고 그의 신체 곳곳에서 균열이 발생하기 시작했고, 균열 속에서 밝은 빛이 터져 나왔다. 눈동자에서도, 벌어진 입에서도 빛이 터져 나오며 일순간 그 빛이 골가스의 전신을 감싸기 시작하더니 마침내 폭발했다.

콰아아앙!

아론은 무심하게 양손대검을 한 손으로 든 채 그 모습을 지켜보고 있었다. 그때 작은 회오리가 발생하며 골가스가 가진 검은 기운과 아론의 검에서 피어난 밝은 기운이 한데 어울리더니 이내 아론의 정수리로 스며들기 시작했다.

'검은색 구슬이 가지고 있던 파편 중에 하나인가?'

아론은 그제야 느낄 수 있었다. 골가스가 비정상적인 모습을 보였던 이유가 바로 이것이었다는 것을 말이다. 신체를 자유자재로 움직이고, 검은 촉수를 발현할 수 있는 이유 말이다. 하지만 또 다른 것도 알 수 있었다.

'이것은 극히 미미한 파편.'

파편 같지도 않은 파편이었다.

적어도 자신이 알고 있는 한도 내에서 검은색 구슬이 가진 힘은 이 세상에서 쉽게 수용할 수 있는 그런 힘이 아니었다. 자신만 해도 그렇지 않은가? 일곱 개의 구슬 중 자신은 세 개의 구슬을 가지고 있었다.

마나를 깨닫지도 못하고 수십 년 동안 소드 유저였던 자신이 단번에 인피니티 마스터가 되어버렸다. 물론, 흡수하는데 시간이 걸리기는 했지만 그것은 남들이 마스터에 오르기 위해 노력하는 시간에 비하면 그야말로 조족지혈이었다.

자신은 그냥 단번에 인피니티 마스터가 되었을 뿐이었다.

그리고 아직까지도 그 모든 힘을 자유자재로 사용할 수 없었다. 그만큼 그 구슬들의 힘은 강했다. 어쨌든 정우는 또 하나의 단서를 가지고 걸음을 옮기기 시작했다.

*　　　*　　　*

"나를 기억하느냐?"

"네놈은……."

"그래. 너희들의 배신으로 대족장의 자리를 빼앗기고 도망자 신세가 된 카툼이다."

"쓸데없는 소리다. 대족장의 자리는 오로지 강자만을 위한 자리. 넌 그 자리에 어울리지 않았을 뿐이다."

"그런가?"

"그렇다. 오히려 너는 드렉타스 대족장을 받아들이지 못하고 부족을 배신한 것이 아니던가?"

"내가 드렉타스와 부족을 배신했다고?"

"그렇다."

"그럼 하나 묻지."

"물을 필요 없다. 부족을 배신한 놈과는 단 한마디도 섞고 싶지 않다."

그에 카툼은 피식 웃으며 입을 열었다.

"너는 내가 무서운 모양이로구나."

"뭐라? 감히!"

"무섭지 않으면 나의 명예를 회복할 막고라를 신청한다."

"배신자 주제에 어디서……."

"막고라는 명예로운 결투! 그 누구에게도 자격이 있음이다. 설마 모르는 것인가? 아니면 내가 무서워서 막고라를 회피하는 것인가?"

"말도 안 되는 소리."

"그러면 나의 막고라를 받아들여라."

"좋다. 누가 있어 부족의 배신자를 처단할 것이냐?"

"이 고구투가 나서겠습니다."

그에 커다란 배틀해머를 쥔 오크 전사가 가슴을 치며 입을 열었다. 그는 비록 백인장이기는 하나 장래가 촉망되는 전사였다. 그리고 막고라는 마나를 사용하지 않고 오로지 실력으로만 승부를 본다는 것을 생각하면 결코 나쁘지 않은 상대라할 수 있다.

"좋다. 고구투. 널 믿는다."

"믿어주십시오."

가슴을 두드리며 용기백배하여 앞으로 나서는 고구투. 하지만 그를 맞이한 것은 카툼이 아닌 블랙해머였다.

"네놈은 누구냐? 나는 카툼과의 막고라를 위해 앞으로 나섰다."

"어찌 닭 잡는데 소 잡는 칼을 쓸까? 이 블랙해머. 고구투에게 막고라를 신청한다."

그에 눈살을 찌푸린 고구투. 그는 슬쩍 블랙해머 뒤에 버티고 서 있는 카툼을 바라봤다. 막고라는 신청하면 반드시 받아들여져야 한다. 그러지 않는다면 오크 전사라 할 수 없었다.

"나는 너보다 먼저 카툼의 막고라를 신청받았다."

"흥! 말도 안 되는 소리. 카툼님은 너에게 막고라를 신청한 것이 아니라 온구엔에게 막고라를 신청한 것이다. 그렇다면 네가 나오는 것이 아닌 온구엔이 나섰어야 하는 것이다. 내 말이 틀린가?"

"그런……."

블랙해머의 말에 반론을 제기할 수 없어 꿀 먹은 벙어리처럼 입을 닫고 만 고구투. 그러면서 슬쩍 온구엔을 바라보는 고구투. 그에 온구엔은 짜증 난다는 듯이 슬쩍 고개를 끄덕였다.

"좋다. 너의 목을 취하고 카툼의 목을 들어 올릴 것이다."

"능력이 된다면."

그러면서 두 자루의 둠해머를 움켜쥐는 블랙해머. 그런 블랙해머를 보고 커다란 함성을 지르며 달려 들어가는 고구투.

"우와아악!"

찍어 내리듯이 내려치는 고구투의 배틀해머. 하지만 블랙해머는 가볍게 왼 손의 둠해머로 배틀해머에 걸고 잡아당기면서 오른 손의 둠해머로 고구투의 복부를 가격했다.

퍼어어엉!

가죽 북 터지는 소리와 함께 비명도 지르지 못한 채 복부가 터져 나가며 절명해 버리는 고구투. 그에 온구엔의 얼굴은 있는 대로 일그러질 수밖에 없었다. 그래도 고구투는 백인장이었다. 그런 고구투가 단 한 수를 견뎌내지 못하고 죽음을 당했으니 말이다.

"저, 저런……."

"와하하하! 겨우 이 정도냐? 회색 오크 일족의 백인장의 실력이?"

블랙해머는 회색 오크 일족을 바라보며 도발을 시도했다.

"누가 저 건방진 그린 오크 일족의 전사의 목을 가져 오겠느냐?"

"제가 가겠습니다."

그때 누군가 앞으로 나섰고, 온구엔은 고개를 끄덕이며 입을 열었다.

"좋다. 골룬. 너를 믿는다."

그의 명령이 떨어지자마자 골룬은 미친 듯이 달려 나가 뛰어 올랐다.

"죽어라!"

그의 성명 무기는 바로 할버드였다. 배틀해머와는 달리 베고 찌를 수 있는 중병기였다. 하지만 블랙해머는 무슨 날파리가 날아드느냐는 듯이 앞으로 달려 나가며 두 자루의 둠해머로 할버드의 도끼 부분을 걸어 업어치기처럼 집어던졌다.

쿠와아앙!

골룬 역시 힘 한 번 제대로 써보지 못하고 나동그라졌고, 블랙해머는 뛰어내리면서 그대로 골룬의 머리를 박살 내버렸다.

파삭!

"우와아아아!"

그에 카툼을 따르는 1백의 오크 전사들이 각자의 병장기를 들어올리며 기세를 올렸다. 온구엔은 그 모습을 지켜볼 수 없었다.

"공겨억! 공격하라! 적은 소수다. 단박에 무너뜨려 버려라."

"공겨억! 공격하라아~"

한 방향만을 제외하고는 삼면을 둘러싸며 온구엔이 이끄는 회색 오크 일족의 전사들이 달려 나갔다.

"후퇴에~ 후퇴하라!"

하지만 카툼은 승리에 취해 있지만 않았다. 그는 곧바로 후

퇴 명령을 내렸고, 이미 명령을 인지하고 있다는 듯이 그를 따르는 전사들 역시 질서 정연하고 빠르게 후퇴해 나갔다.

"게 섯거라아!"

"너 같으면 서겠냐?"

회색 오크 일족의 외침에 블랙해머는 그 한마디를 남기고 거침없이 다리를 놀렸다.

"이이~"

놀리듯이 대답하는 블랙해머의 대답에 회색 오크 전사들은 미칠 것 같았다. 생긴 것과 다르게 재빠르기가 형언할 수 없을 정도여서 잡힐 듯 잡힐 듯하면서 약을 단단히 올리고 있었기 때문이었다.

그 때문인지 회색 오크 전사들은 앞뒤 볼 것 없이 미친 듯이 카툼이 이끄는 전사들을 뒤쫓기 시작했다.

"함정! 함정일지도 모릅니다."

그때 카즈코가 만류했지만 이미 블랙해머의 수작에 눈이 뒤집힌 온구엔은 그의 말을 들은 척도 하지 않았다.

"함정이 뭐 어떻다는 것인가? 그렇다 하더라도 인간 놈의 똥구멍이나 핥는 저런 놈들을 감당하지 못할 것 같은가?"

"그건 아니지만……."

"제1군에 많은 수가 줄었다고 하지만 그것은 뿔뿔이 흩어져 있었던 탓이 크다. 하지만 지금은 무려 4천에 이르는 전사들이 있다. 인간 놈들이 1만이 있다 하더라도 절대 물러설 수 없음이다."

"그야……"

"망설이지 마라. 우리는 위대한 회색 오크 일족의 전사들이다. 주술사라고 하지만 너 또한 마찬가지 아니더냐?"

"끄웅……"

결국 이미 온구엔을 돌이킬 수 없음을 안 카즈코는 그를 설득하기를 포기해 버렸다. 어쩔 수 없었다. 카즈코가 포기하는 그 순간 온구엔은 이미 저 앞까지 내달리고 있었다.

"하아~ 이를 어찌해야 할까?"

어찌할 방도가 없었다.

"어쨌든 전투시 명령권은 그에게 있으니 따라야 하겠지."

하면서 뒤늦게 카즈코가 움직이려 했으나 움직일 수 없었다.

"누구냐?"

서걱!

카즈코가 외치는 그 순간 그의 목은 하늘 높이 치솟아 오르며 검녹색의 피가 솟구치고 있었다.

"저. 적이다! 적이다!"

카즈코를 호위하던 호위 전사들이 외치는 그 순간 베드라, 드레코, 나레카 등의 주술사들이 한꺼번에 죽음을 맞이하고 있었다. 그야말로 순식간의 일이라 주술사들을 호위하던 전사들은 멍하게 죽은 주술사들을 바라볼 뿐이었다.

하지만 전방으로 내달리고 있는 나머지 오크 전사들은 그것을 알 수 없었다. 화가 머리 꼭대기까지 치솟아 올랐으니 어쩌면 당연한 것이리라. 그것도 자신들이 나약하고 한심하게 여긴 인간 놈에게 붙은 부족의 배신자임에야 말해 무엇하겠는가?

그리고 어느 정도에 이르렀을 즈음 높은 산정에서 베이얀 대주와 볼케이노 대주는 말없이 그 광경을 지켜보고 있었다.

"참으로 대단하지 않소이까?"

"그렇구려. 오크가 작전을 세우다니."

"난 그것보다 지성을 갖춘 오크들이 너무나도 쉽게 브라이언이 제시한 작전에 말려든 것이 더 놀랍소."

"그렇긴 하오."

"실로 무서운 일이오. 우리로서는 진실로 다행인 것이고 말이오."

"그러게 말이오. 일단은 준비를 합시다. 우리 때문에 작전에 차질이 있어서는 아니되니 말이오."

"그래야지요."

그들은 이미 마음 속 깊이 임페리움 용병대를 인정하고 있었다. 하지만 인정하는 것과 감탄하는 것과는 달랐다. 지금 그들은 감탄을 넘어서 두려움을 느끼고 있었다. 마치 전장을 한 눈으로 꿰뚫듯이 작전 계획을 수립한 브라이언이라는 용병 때문이었다.

각자 그런 생각을 한 후 천천히 병력을 움직이기 시작했다. 그리고 길고 긴 전투에 종지부를 찍을 때가 되었던 탓이었다.

CHAPTER 2

귀환 그리고…

약속된 장소에 다다랐다.

"반전! 반저언!"

그때 카툼이 소리 높여 외쳤다. 그에 1백 명에 달하는 오크 전사들이 뒤로 돌아섰고, 다시 임전 태세를 갖췄다. 그런 오크 전사를 보며 온구엔은 자신도 모르게 진한 살소를 떠올렸다.

"죽여! 죽이란 말이다!"

그는 카툼을 따르는 배신자들이 도망치기를 포기했다고 생각을 했다. 그래서 미친 듯이 외쳤다. 죽이라고. 죽여서 두 번

다시는 부족을 배신하지 못하도록 하라고 말이다. 그것은 온
구엔뿐만 아니었다. 보르카와 드레코, 그리고 타타우 역시 마
찬가지였다.

하지만 그들은 한 가지 간과하고 있는 것이 있었다. 그들을
따라나서야 할 주술사가 없다는 것을 말이다. 따지고 보면 지
금 상황에서는 주술사가 따로 필요 없었다. 그저 1백 명 정도
의 배신자를 죽이겠다는 생각뿐이었다.

그리고 네 명의 천인장들은 그들의 목표인 카툼을 에워싸
고 있었다.

"이제야 네놈을 죽일 수 있겠구나."

그에 카툼은 슬쩍 입꼬리를 말아 올리면서 입을 열었다.

"정말 그렇게 생각하나?"

"무슨 계략이라도 있다는 것이냐?"

"꽤 뛰어나구나."

"흥! 겨우 1백 명으로?"

"웃기는군. 내가 언제 1백 명뿐이라고 했나?"

"그건……."

그때였다.

"와아아아! 죽여라!"

좌측과 우측 그리고 자신들이 지나왔던 길에 수없이 많은
인간 병사들이 쏟아져 나오기 시작했다. 처음엔 살짝 놀란 얼

굴을 해보였던 온구엔이었다. 하지만 그 수가 얼마 되지 않자 누런 이를 드러내 보이며 입을 열었다.

"고작 이것이 함정이라는 것이냐?"

"고작? 고작이라… 그래 우선 한번 느껴보는 것이 옳겠지."

그에 무언가 있음을 느끼고 있음에도 불구하고 온구엔은 자신의 생각을 철회하지 않았다. 그 이유는 더 이상 물러설 수 없었기 때문이었다.

"모두 죽여!"

나직하게 으르렁거렸다. 그리고 카툼을 쏘아보았다.

"우선 그 시작은 너부터일 것이다."

"그럴 수 있다면."

그러면서 뒤로 물러나는 카툼.

"어디를 가려는 것이냐?"

하지만 카툼은 별말이 없었다. 대신 그들의 앞에는 이미 한 번 봤던 이가 모습을 드러냈다. 바로 블랙해머였다.

"거듭 말하지만 닭 잡는데 소 잡는 칼을 쓸 일은 없다."

"네놈이 감히."

"그놈들 참 감히라는 말을 잘 쓰네. 어디 한 번 보자. 감히 라는 말을 쓸 자격이 있는지 말이다."

"이노오옴."

참지 못한 타타우가 양손에 배틀엑스를 휘두르면서 블랙해머를 향해 쇄도했다. 그에 블랙해머는 슬쩍 입꼬리를 말아 올린 후 가볍게 대지를 박찼다. 그 순간 타타우는 블랙해머의 모습을 놓쳤다.

"흡!"

그의 눈동자가 커지며 다급한 신음이 흘러나오는 순간 블랙해머는 이미 그의 등 뒤에 도착해 있었고, 순간의 망설임도 없이 둠해머를 휘둘렀다.

퍼억!

"꺼억!"

그에 타타우는 제대로 된 비명조차 지르지 못하고 허리가 뒤로 꺾였다. 하지만 그조차도 제대로 된 반응이 아니었다. 어느새 또 다른 둠해머로 타타우의 머리를 그대로 직격해 버리는 블랙해머.

퍽!

짧은 탁음이 흘러나왔다.

그리고 타타우의 머리는 마치 껍질이 두껍고 내용이 알찬 과일이 터지듯이 터져 나갔다. 그에 세 명의 천인장들은 순간 멈칫할 수밖에 없었다. 생각보다 강했다.

그저 허세처럼 보였다. 그런데 보이는 것이 다가 아니었다. 그는 스스로를 가볍게 보여 적으로부터 자신의 존재를 얕게 보이게 한 것이었다. 실로 놀라울 정도의 침착함이요, 대담함이었다. 생사가 오고가는 전장에서 일부러 자신을 낮게 보도록 하다니 말이다.

하지만 그들이 정작 경악해야 할 일은 그것들이 아니었다. 그들의 뒤에서 들려오는 심상찮은 비명 소리 때문이었다. 그에 온구엔을 비롯한 두 명의 천인장은 뒤를 돌아볼 수밖에 없었다. 그리고 눈을 찢어질 듯 부릅떴다.

"어떻게……."

"저, 저게……."

놀라지 않을 수 없었다.

분명 겨우 몇백 명이었다. 그런데 죽어나가는 것은 인간들이 아니라 바로 회색 오크 족의 전사들이었다. 그리고 자신들이 이끄는 회색 오크 족 전사들을 마치 허수아비처럼 으깨고 있는 자가 있었으니 바로 카툼이었다.

그 모습은 실로 잔인하기 그지없었다. 그의 흉폭성을 여지없이 보여주는 듯이 미친 듯이 둠해머를 휘두르고 있었다. 그 실력은 실로 대단해서 멀리서 보기에도 그의 한 번 손짓에 수없이 많은 전사들이 가랑잎처럼 날아가 죽음을 맞이하고 있었다.

그들은 그쪽으로 발을 옮기려 했다. 허나, 그런 그들의 발걸음을 붙잡는 이가 있었으니 바로 블랙해머였다.

"이런. 이런. 나를 두고 가면 섭하지."

"비켜라!"

"글쎄. 그러고 싶지는 않군."

여전히 재수 없는 얼굴을 해보이며 히죽 웃는 블랙해머였다. 이곳이 전장임에도 불구하고 그는 여전히 편안해 보이는 모습이었다.

"이노옴!"

화가 난 드레코가 달려들었고, 보르카와 온구엔이 동시에 그를 향해 달려들었다. 그 셋은 차전사로서 익스퍼트 최상급에 이르는 이들이었다. 상대가 소드 마스터만 아니라면 자신들을 어찌할 수 없다는 것을 그들은 너무나도 잘 알고 있었다.

하지만 그들은 아직 블랙해머를 너무 무시하고 있었다. 타타우 역시 익스퍼트 최상급인 차전사였다. 그런 그를, 단 한 수만에 죽인 그를 아직도 자신들보다 한 수 아래라고 생각하고 있는 것이었다.

어떻게 보면 이것 역시 블랙해머가 의도한 것인지도 모를 일이었다. 그리고 그가 이런 일을 의도했다면 아주 정확하게 맞아 들어가고 있다고 할 수 있었다. 그에 블랙해머는 히죽 웃으며 자신을 향해 쇄도해 오는 세 명을 향해 몸을 날렸다.

그들이 그렇게 격돌해 가는 가운데 전후좌우가 막힌 회색 오크 족 전사들은 포위망을 벗어나기 위해 전력을 다하고 있었다. 전력을 다하는 이유는 무슨 이유에서인지 주술사가 보이지 않았기 때문이었다.

앞과 뒤.

그리고 전장의 상황을 명확하게 전달해 주고 전진과 후퇴를 전해줘야 할 주술사가 보이지 않다 보니 도대체 적이 얼마 정도인지, 싸워야 하는지 말아야 하는지를 알 수 없었다. 거기에 전 대족장이 앞으로 나서 인간 놈들과 함께 자신들을 주살하고 있으니 이 상황을 도대체 어떻게 해석해야 할지 가늠조차 할 수 없었다.

그 와중에 포위당했으니 그들이 할 수 있는 일은 무조건 이 포위망을 뚫고 나가는 것뿐이었다. 그리고 그들이 적의 수가 얼마 되지 않음을 알았을 때는 이미 절반 이상 그 수가 줄었을 때였다.

그때까지 세 명의 천인장들은 전투에 참여하지 못했고, 결국에는 블랙해머에게 죽임을 당했다. 그 상황을 지켜본 카툼이 외쳤다.

"항복하는 자! 그 안전을 보장한다."

"그것을 어떻게 믿소."

"믿어달라 하지 않는다. 하지만 나의 목적은 오크 종족을 전멸시키는 것이 아닌, 새로운 유사 인류로서 새로운 오크 족으로 당당하게 한 자리를 차지하는 것이 그 목적이다. 굳이 목숨을 걸고 싸울 의미가 없다는 것이다."

"……."

카툼의 말에 말없이 그를 쏘아보던 오크 중 한 명이 자신이 들고 있던 배틀엑스를 툭 자신의 앞으로 던졌다. 그것이 시작이었다. 한 번이 어렵고 가장 처음 하는 것이 어려울 뿐이었다. 물론, 모두가 그런 것은 아니었다.

"무기를 들어라. 부족을 배신한 자의 말을 믿는 것인가? 무기를 들란 말이다."

"무기를 버리는 자, 내 무기에 의해 죽을 것이다."

그러면서 무기를 버리려는 오크 전사를 향해 무기를 휘둘렀다. 하지만 오히려 그런 그들의 행동에 더욱 반감을 가진 전사들은 그들을 피해 분분히 멀어졌고, 무기를 버리는 것이 가속화되어 버렸다.

"무기를… 컥!"

또다시 주변에 있는 전사들을 죽이려 하던 오크 전사가 눈을 부릅뜬 채 목숨을 잃었다. 어느새 제라르가 다가와 목을 쳐 버린 것이었다. 다른 이들 역시 마찬가지였다. 제대로 말을 마치기도 전에 얀센과 교관들, 그리고 카툼에 의해 목숨을 잃어야만 했다.

모든 과정이 일사천리로 완료되고 조금 전 카툼에게 질문을 했던 오크 전사가 다시 물었다.

"이제 어떻게 할 것이오?"

"돌아가라."

"이대로 말이오?"

"살려 준다 했지 않은가?"

"하지만 무기 없이는 복귀하기 힘드오. 그리고……"

"그대들을 받아주지 않겠지."

"……"

전투에 패한 회색 오크 전사는 부족에서 받아주지 않는다. 그것을 너무나도 잘 알고 있는 회색 오크 전사들.

"그렇다면 결정해야 할 것이다. 나를 따라 진정한 오크의 긍지를 지킬 것인지, 아니면 복귀하여 스스로 전사임을 포기할지 말이다."

"……"

회색 오크 전사들은 여전히 말이 없었다.

"가지."

그때 언제 돌아 왔는지 아론이 투박한 대검을 어깨에 턱 걸친 후 카툼에게 입을 열었다.

"이들을 두고 말인가?"

"그들이 결정하는 거지, 네가 결정하는 것은 아니지 않는가? 그리고 우리도 많이 지쳤다. 무려 한 달 동안 쉬지 못했어."

"그건······."

"그러니 이제 조금 쉬어야 하지 않겠나?"

"······."

카툼은 아론의 말을 이해할 수 없어 잠시 말문을 닫고 그를 바라볼 뿐이었다. 그때 블랙해머가 카툼에게 자신의 의견을 내었다.

"결정은 저들에게 맡기는 것이 좋습니다."

그에 블랙해머를 바라보는 카툼. 그러다 이내 그가 무엇을 의미하는 말인지 깨닫고 고개를 주억거리며 입을 열었다.

"그렇군. 서로에게 시간이 필요한 것이로군."

그러면서 아론을 바라보는 카툼.

"할 말 있나?"

"능력이 된다면 저들이 먹고 쉴 수 있을 만큼의 양식을 줄 수 있나?"

"양식이라. 어쩔 생각인가?"

"될 수 있으면 저들을 받아들이고 싶다."

"그런가? 그렇다면 주지."

"고맙다."

"식량을 내어준 후 우리는 복귀하도록 하겠다."

"알겠다. 정리되는 대로 합류하도록 하겠다."

"그래."

그 즉시 아론은 아공간을 열어 수천이 먹을 수 있는 식량을 내어 놓았다. 그에 회색 오크들은 놀란 눈으로 그 모습을 지켜볼 뿐이었다.

"저, 저건……."

"그래. 대주술사만이 가능한 것이다."

"놀랍군요. 분명 주술사가 아닌 전사일진데 어떻게……."

"어쩌면 우리가 패배한 것이 당연한 것일지도 모르겠군."

"그럴지도……."

항복한 회색 오크 전사들 중 어느새 무리를 이끄는 우두머리가 된 전사와 그를 곁에서 수행하게 된 전사가 대화를 주고받았다. 모두 거기서 거기이겠지만 인간이든 동물이든 두 명이상이 모이면 무리를 이루고, 우두머리를 정하게 마련이었다.

그리고 회색 오크 전사들 역시 그 범주에서 벗어나지 못하고 패잔병 중에서 특출한 자가 자연스럽게 그 무리를 이끌게되었다. 그때 나르골과 모부투가 그들에게 외쳤다.

"뭣들하고 있는가? 일단은 굶주린 배와 피로를 해결해야 할 것이 아닌가?"

그 둘의 외침에 새롭게 우두머리가 된 카리크와 그를 추종하는 전사는 부지불식 간에 고개를 끄덕였다.

"뭔가… 다르군."

"그렇… 군."

그 둘만이 아니었다. 전사는 전투에서 패하면 죽음을 맞이한다. 죽지 않고 포로가 되는 경우도 있지만 그럴 경우 죽음보다 못한 대우를 받게 되며 노예로서 만족해야만 했다. 하지만 카툼은 달랐다.

분명 자신들은 카툼을 배신자로 알고 있고, 적으로 인식해 전투를 치렀다. 그러함에도 불구하고 승패가 결정이 난 후에도 카툼은 온전하게 자신들을 회색 오크 부족의 전사로서 대우하고 있는 것이었다.

그에 카리크는 자신도 모르게 걸음을 옮겼다. 그에 그의 뒤에는 우타치와 모툼바, 그리고 그들을 추종하는 자가 따랐다.

"멈춰라! 무슨 일이냐?"

그때 그들의 앞을 막아서는 자가 있으니 바로 나르골이었다. 아무리 카리크와 그를 추종하는 전사들이 대단한 실력을 가졌다고는 하지만 천인대장이었던 나르골을 어찌하기는 힘들었다. 그에 카리크는 전사로서의 예를 표하며 입을 열었다.

"카툼 님을 뵙고자 합니다."

"카툼 님을?"

"그렇습니다."

"무슨 일로?"

"그건… 카툼 님을 뵙고 답할 생각입니다."

"……"

패했음에도 불구하고 당당한 모습을 보이고 있는 카리크. 그런 카리크를 말없이 지켜보는 나르골. 그는 문득 카리크의 모습에서 자신과 같은 모습이 겹쳐져 보였다. 자신 역시 카툼과 패해서 그의 휘하에 들지 않았던가?

"기다려라."

"알겠습니다."

나르골이 돌아서고, 카리크는 기다렸다.

그러기를 얼마나 지났을까? 회색의 피부를 가진 카툼이 모습을 드러냈다.

"나를 보자고 했다고?"

"그렇습니다."

"보자고 한 이유는?"

"막고라를 신청합니다."

"막고라?"

"그렇습니다."

"나와 넌 어떤 접합점도 없다. 그런데 막고라라. 이건 억지 같은데 말이지."

"물론, 그렇습니다."

"그런데도 막고라를 신청하겠다는 것인가?"

"그렇습니다."

"아무런 접합점도 없음에도 불구하고 막고라를 신청한다는 것은 막고라에 패했을 때 모든 것을 받아들일 준비가 되어 있다는 것이겠지?"

"물론입니다."

"그렇다면 이것은 명예로운 막고라가 아니다. 너는 어떤 목적을 가지고 나에게 막고라를 신청하였으니 내가 막고라를 승낙하고 승리한다면, 넌 나에게 무엇을 줄 것이냐?"

엄밀히 말해서 카리크가 신청한 막고라는 막고라가 아니었다. 막고라는 명예로운 전사들의 결투였다. 하지만 그것 역시 그에 걸맞는 지위와 신분이 있는 것이다. 그 지위와 신분에 걸맞기에는 카리크의 수준이 너무나도 미약했다.

"제가 패한다면 저들은 모두 카툼님의 휘하에 들 것입니다."

그에 카툼은 카리크의 어깨 너머로 무장해제한 채 살아남은 회색 오크 전사들을 바라본 후 입을 열었다.

"네가 저들의 대표인가?"

"그건……."

"대표도 아니면서 저들의 목숨을 운운하고 있군."

참으로 하룻강아지의 치기와 다를 바 없지 않은가? 그에 아주 흥미롭다는 듯이 카리크를 바라봤다. 도대체 뭘 믿고 이렇게 나오는지 이해할 수 없었기 때문이었다.

"그는 우리를 대표하는 자가 맞습니다."

그때 카리크를 지지하는 추종자들이 입을 열었다.

"그건 그대들의 생각뿐이지 않은가?"

"그건……."

"자격을 갖춘 이후 나와 대화를 해야 하는 것 아닌가? 하지만 그 이전에 전사로서 막고라를 신청했으니 받아들여야겠지. 막고라는 그 지위와 수준 모든 것을 뛰어 넘는 진정 명예로운 전사의 결투니까 말이지."

"고… 맙습니다."

"고마울 것 없다. 감히 나를 시험하려 하는 네놈의 의도를 내 모를 줄 알았더냐? 각오하는 것이 좋을 것이다."

단박에 카리크의 의도를 파악한 것이었다. 가소롭지만 그의 의견을 받아들였다. 하지만 그것은 오히려 패배한 전사들에게 이로운 효과를 일으키고 있었다.

'역시… 대족장이시다.'

'드렉타스와는 천양지차로군.'

'자신보다 못한 자의 치기를 대범하게 받아들이는군. 대족장이라면 저래야지. 아무렴.'

막고라를 인정함으로써 카툼이 얻은 효과는 실로 막대했다. 그에 그의 참모를 자처하는 블랙해머는 히죽 웃으며 고개를 끄덕였다.

'이로서 세력을 이룰 수 있게 되었다. 물론, 이 모든 것이 아론 님 덕분이다.'

그는 알고 있었다.

지금 일어나고 이 상황들과 점점 커지는 세력이 단지 카툼의 힘이 아닌 아론의 힘이라는 것을 말이다. 만약 카툼이 어리석은 자가 아니라면 절대 아론과 척을 지지 않을 것이다. 그리고 카툼이 아론에게서 등을 돌릴 이유도 없어 보였다.

그는 그만큼 현명한 자였으니까. 오랜 시간 도피 생활과 약자로서 살아온 그이기에 인간을 이해하고, 또한 오크를 아우를 수 있는 포용력을 가지고 된 것이었다.

*　　　*　　　*

"후우~ 힘들군."

"어이고~ 형님 입에서 힘들다는 말이 다 나오는 것을 듣다니. 세상 오래 살고 볼일이우."

"나도 사람이다."

"헹! 그 거짓말을 도대체 누가 믿는단 말이우?"

"다 믿지. 내가 그럼 몬스터냐?"

"몬스터는 아니지. 뭐 물론, 드래곤도 몬스터라고 한다면 몬스터는 몬스터일거유."

아론과 제라르는 시덥지 않은 농담을 하며 플랑드르로 복귀하고 있었다. 무려 한 달간의 긴 전투를 끝내고 플랑드르의 본부로 돌아가는 그들은 이미 백전노장이 되어 있었다. 그것은 두 명의 대주 역시 마찬가지였다.

비록 짧은 기간이었지만 의식의 확장과 함께 기사로서는 경험할 수 없는 귀중한 경험을 겪을 수 있었다.

"이제 그대들은 돌아가도록 해라."

"아니 그게 무슨……."

아론의 말에 베이얀 대주가 화들짝 놀라며 대꾸를 했다.

"그럼 끝까지 우리 용병대에 빌붙을 작정이었나?"

"그… 그건."

"그리고 애초에 길버트에게 부탁받은 것도 3개월. 그중 2개월을 보냈으니 조금 일찍이기는 해도 충분히 길버트의 부탁을 들어줬다고 생각하는데 아닌가?"

"아… 직 저희는 많은 것이 부족합니다."

"부족하기는 무슨. 이미 두 대주가 마스터에 올랐고, 부대주들이 최상급에 올랐어. 그리고 대부분의 대원들이 각 한 단계 이상의 진보를 이뤄냈고 말이지."

"아니! 그것을 어떻게……."

"훈련을 받는 동안만큼은 그대들은 내 새끼나 다름없다. 내 새끼의 상태를 모르는 어미도 있던가?"

"아니 무슨 말을 그렇게 하우? 형님이 무슨 어미요. 아비면 몰라도 말이우."

"말이 그렇다는 말이다. 말이……."

"말이 그렇더라도 가려서 합시다. 심장이 터지는 줄 알았수."

"어쨌든 그만들 돌아가. 플람베르 가문의 상황도 그리 좋지 않을 것 같으니 말이야."

"으음……."

아론의 강경한 입장에 두 대주는 무거운 얼굴을 해 보였다. 아직 배울 것이 많다고 생각했지만 가문의 일이 걱정되었던 것이다. 잊고 있었지만 자신들은 플람베르 가문의 친위대였다. 그런 자신들이 오랫동안 자리를 비운다는 것은 그리 추천할 만한 일은 아니었다.

"허면, 소가주께 전하실 말이라도……."

"가까운 자들을 조심하라고 해. 등잔 밑이 어두운 법이라고 말이지."

"그게 무슨……."

"그냥 그렇게만 전해."

"알겠습니다. 그동안 고마웠습니다."

"고마웠으면 잘해. 또다시 과거와 같은 우를 범하지 말고."

"크음. 어쨌든 알겠습니다."

과거와 같은 우란 바로 아집과 편견에 사로잡혀 사물을 제대로 보지 못하는 과거의 자신들을 일컫는 말이었고, 바로 그런 아집과 편견이 결국 자신들의 발전을 저해하고 있음을 경고하는 말이었다.

그에 베이얀 대주와 볼케이노 대주는 기사로서 할 수 있는 최대한의 예의를 아론에게 표했다. 그런 그들을 따라 2백의 친위대의 대원들 역시 마찬가지로 예를 표했다.

"쓸데없는 짓하지 말고 복귀하도록 해. 조만간 한번 들르겠다고 하고."

"알겠습니다. 그동안 고마웠습니다."

"그래."

아론이 고개를 끄덕이자 2백의 친원대들이 말머리를 돌려 플람베르 가문으로 향하기 시작했다. 아론과 그를 따르는 임페리움 용병들은 멀어져 가는 친위대를 한참 바라보다 그들의 모습이 완전히 사라질 즈음 시선을 돌렸다.

"가자."

"알겠수."

"그런데 저대로 보내도 되겠습니까?"

제라르와 반대로 얀센은 살짝 걱정이 되는지 물었다.

"되지 않으면 어쩌라고."

"아니 뭐 그렇다는 말이지요."

"걱정 붙들어 매슈. 길버트 형님이 어련히 알아서 하지 않겠수. 그리고 솔직히 아닌 말로 마스터들이 어디 가서 맞고 다니지는 않을 것 아니우."

"하긴 그렇군."

사실 말이야 바른 말이지 소드 마스터가 어디 그리 혼한가. 그리고 결정적으로 지금 임페리움 용병대에 기라성 같은 이들이 넘쳐나고 있어서 그렇지 훈련을 끝내고 돌려보낸 친위대의 실력을 결코 낮은 것이 아니었다.

"그건 그렇고오……."

아론이 말을 늘였다.

그에 모두의 시선이 그에게로 향했다.

"무슨 하실 말씀이라도……."

"타베스 산에 들어가기 전에 취했던 것은 어찌 됐나?"

"아! 아마도 지금이라면 결과가 나와 있을 것입니다."

"두 달이니 충분하겠지."

"물론입니다."

아론과 브라이언의 말에 멀뚱하게 그 둘을 바라보던 제라르가 빽 소리를 질렀다.

"거참. 둘 만 알지 말고 우리도 좀 압시다."

그에 브라이언이 슬쩍 입꼬리를 말아 올리면서 입을 열었다.

"아! 두 달 전 타베스 산을 들기 이전에 아론 대장님께서 이런 명을 내리셨다."

"무슨?"

"우든 마을의 체바로에게 연락을 하라고 말이다."

"체바로라면……"

"우든 마을의 촌장인 카스트로의 양아들이지."

"아! 기억 났수. 그런데 왜?"

"그자는 우리가 우든 마을을 떠나오기 전 아론 대장님께 이런 말을 했었지."

"무슨 말 말이우?"

"용병들의 대지."

"용병들의 대지? 그건……"

"그래. 아론 대장님의 염원이지."

"그렇다면……"

"이제 발판은 마련되었고, 세력을 만들어야 하겠지."

"발판이라면……"

"그래. 플랑드르가 바로 용병들의 대지를 만들 장소가 될 것이다."

"호오~ 역시 그랬군요."

"그런거지."

"그래서 이번에 돌아가면 그 결과가 나온다는 것 아니우?"

"그렇지. 그들이 우리의 생각에 동조할 것인지, 아니면 반할 것인지에 대한 결과가 나올 것이다."

"으음……."

결코 낙관적인 상황은 아니었다. 아무리 제라르가 가볍게 행동한다고 해서 그 생각마저 가벼운 것은 절대 아니었다. 아니 어쩌면 그는 여기 있는 누구보다 많은 생각을 하고 있을지도 모를 일이었다.

한바탕 제라르과 브라이언의 대화를 들은 용병들은 각자 자신만의 생각을 하면서 편안하게 플랑드르로 돌아왔다. 그들이 돌아옴에 용병대원들의 열화와 같은 환영을 받았고, 살아 돌아온 이들은 감격해할 수밖에 없었다.

아론은 곧바로 그들에게 휴식을 명했으나, 정작 그 자신은 쉴 틈 없이 움직여야만 했다.

"오셨소."

바로 플랑드르의 총독으로 부임한 플람베르 가문의 데이비스 신더가드 1원로와의 면담 때문이었다. 아론 그 자신이 임페리움 용병대의 대장이기도 했지만 또한, 플랑드르의 군무령이었기 때문이었다.

"반갑습니다."

그리고 신더가드 총독은 결코 아론을 무시하지 않았다. 그는 골수 친 가주파로서 단 한 번도 흔들린 적 없는 올곧은 사람이었다. 현재의 가주와 적대적인 누군가 있어 플람베르 가문을 휘어잡는다면 회유보다는 제거 쪽에 무게를 둘 사람이니까 말이다.

그리고 신더가드 총독은 알고 있었다.

바로 아론이라는 자의 무서움을 말이다.

'가주의 병세를 고친 것도, 소가주의 실력을 가주와 버금가게 한 것도 모두 이자에 의해서이다. 또한, 가문에 어둠의 손길이 뻗어 있다는 것을 경고한 것도 바로 이자이고. 비록 이자가 용병이라고는 하지만 그 가진바 통찰력과 실력은 상상을 불허할 정도이다.'

그것이 신더가드 총독의 아론에 대한 평가였다. 그리고 이곳에 총독으로 부임하기 전에 그는 가주와 소가주의 방문을 번갈아서 받으면서 신신당부를 받았다. 그리고 놀라운 소리를 들을 수밖에 없었다.

"어쩌면 그는 나를 훨씬 능가한 존재일지도 모른다네."

"아니 그게 무슨 말입니까?"

"나를 중독되게 한 것이 흑염화라는 것이네. 나 또한 그 이질적인 독을 태워 버리려 했으나 실패했네. 허나, 그는 성공했지."

"그런……."

"그러하니 절대 경거망동하지 말게. 그는 철저하게 아군이어야만 하는 자이네. 적으로 설 수 없으니 말이네."

"알겠습니다."

신더가드 총독은 가주에게 그렇게 들었다. 하지만 실제 아론이라는 자를 본 것은 이번이 처음이었다. 그가 도착했을 때 그는 이미 타베스 산으로 들어가 친위대 훈련에 돌입하고 있었으니까 말이다.

어쨌든 그래서 신더가드 총독은 그가 돌아오자마자 그와 만남을 청한 것이었다. 하지만 처음 대면함에 그는 의구심을 들 수밖에 없었다. 아론에게서는 그 어떤 것도 느껴지지 않았기 때문이었다.

'그렇다는 것은 가주님을 넘어섰거나, 지극히 평범한 자라는 것. 하지만 후자의 경우는 거의 불가능한 일. 그렇다면 결국 가주님과 소가주님의 생각이 맞다는 것을 의미한다. 조심, 또 조심해야 한다.'

그는 신중하게 아론을 대했고, 아론 역시 성심껏 그를 대했다. 첫 대면이지만 그들의 대면은 그리 나쁘지 않았다. 가벼운 티타임을 가지고, 앞으로 플랑드르를 이끌어 갈 방향을 정한 후 신더가드 총독은 아론을 놓아주었다.

방금 훈련에서 돌아온 그를 잡고 대화를 해 봐야 역효과가 날 것이 뻔하기 때문이었다. 어쨌든 그렇게 첫 만남은 상당히 우호적으로 끝을 맺었고, 용병대 본부에 돌아왔을 때 또 다른 일이 그를 맞이하고 있었다.

아론은 고개를 끄덕인 후 곧바로 접객실로 걸음을 옮겼다.

말이 접객실이지 누구나 함부로 들어갈 수 있는 자리는 절대 아니었다. 그곳에는 임페리움 용병대를 움직이는 실세들이 모두 이미 참석해 있었다.

그리고 아론은 접객실을 들어섬과 동시에 한 명에게 시선을 두었다. 익히 알고 있는 얼굴. 바로 우든 마을의 체바로였다.

"오랜만이로군요."

"그렇군."

안 본 지 불과 1년 정도의 시간.

그동안 둘의 위치는 바뀌어져 있었다.

아론이 우든 마을에 머물 때와 지금은 그야말로 천양지차의 위치라 할 수 있었다. 작기는 하지만 용병대의 대주가 되었고, 동시에 플랑드르의 군무령이라는 위치에 있으니, 그 대외적인 면으로 봤을 때 체바로보다 오히려 더 우위에 서는 아론이었다.

그래서인지 아론의 말투는 어느새 아랫사람을 대하듯 하고 있었다. 하지만 체바로는 그에 대해서 별생각이 없었다. 하지만 그가 아닌 그를 따라나선 세 명의 인물 중 한 명이 문제였다.

"감히……"

바로 체바로가 둔 개인 호위대의 호위대장 구스타프였다. 붉은 얼굴에 철사 수염. 그리고 부리부리한 고리 눈이 상당히 위압적인 모습임에는 분명했다. 하지만 용병들치고 그런 험악한 인상을 가지지 않은 자가 도대체 얼마일까?

"감히는 무슨 얼어 죽을 감히? 그리고 높으신 분들 대화하는 중인데 졸자가 왜 나서?"

그에 제까닥 나서는 제라르.

구스타프가 아무리 험악하기로서니 제라르보다는 못했다. 물론, 제라르의 얼굴이 험악한 것은 아니었다. 하지만 가진 바 체구를 비교해 보자면 제라르나 얀센이 어디서 밀릴 정도의 체구는 절대 아니었다.

그리고 상급에 이른 구스타프지만 상대를 보는 눈은 예사롭지 않았다. 자신이 주인으로 모시는 이에 대해 제대로 된 대우를 하지 않은 것 같아서 나서기는 했지만 절대 상대가 약해 보이지는 않았다.

그리고 무릇 대화란 무력이든 말빨이든 먼저 기세를 꺾고 들어가 봐야 50점은 먹고 들어가는 것이다. 이런저런 이유로 나서기는 했으나 상대방 역시 만만치 않으니 잠시 멈칫했다. 하지만 체바로는 손을 들어 그를 제지했다.

"그만. 그는 충분히 나에게 그럴 만한 위치에 있는 사람이니까요."

"하지만……."

"용병이지만 이 플랑드르의 군무령에 있는 잡니다. 그러니 자중하세요."

"크음."

그에 구스타프는 고리 눈을 부릅뜨며 제라르를 한 번 노려본 후 들고 있던 양손대검을 내려놓았다.

"역시 우든 마을의 체바로인가? 그 먼 곳에서 이곳의 상황을 정확하게 파악하고 있군."

"모든 것은 상대를 아는 것에서부터 출발하는 것이니까요."

"훌륭하군."

"고맙군요."

"어쨌든 공치사는 이정도로 해두고 이제 본론으로 들어갔으면 하는데 말이지. 우리가 귀족도 아니고 말을 빙빙 돌릴 이유는 없지."

"물론입니다."

"그래. 알고 있다니 다행이군. 어디 한 번 들어보지."

"일단은 준비가 되었느냐 하는 것입니다."

"무슨 준비 말인가?"

"우리를 받아들일 준비 말입니다."

"이 정도면 되었지 않은가?"

"모자랍니다."

"인원이 모자라다는 것인가? 아니면?"

"인원도 모자라고 명성도 모자랍니다."

"명성은 몰라도 인원은 그렇지 않을 터인데?"

"물론, 인원에 비해 그 실력의 뛰어남은 알 수 있었습니다."

"호오~ 그렇군."

그러면서 아론은 체바로의 곁에 여전히 말없이 꼿꼿하게 허리를 편 채 자리를 지키고 있는 자를 바라보며 입을 열었다. 그에 체바로는 슬쩍 입꼬리를 말아 올리며 고개를 끄덕였다.

"소개하겠습니다. 미천한 저의 책사를 자처하고 있는 웰링턴이라는 자입니다."

"그렇군. 뛰어나 보이는군."

"자랑 같지만 아론 대장님의 모든 것을 파악한 것은 내가 아닌 바로 웰링턴입니다."

"그래. 그래 보이는군."

"반갑습니다. 방금 소개받은 웰링턴입니다."

그에 브라이언이 귓속말로 아론에게 무언가를 속삭였다.

"호오~ 30년 전 멸문한 브라이튼 자작 가문의 장남이었던가?"

아론의 말에 웰링턴은 놀란 눈이 되어 브라이언을 바라봤다. 그에 브라이언은 슬쩍 미소를 떠올리며 고개를 끄덕였다.

"브라이언 또한 30년 전 멸문한 펠마스 가문의 유일한 생존자니까."

"그런……"

브라이튼 자작 가문은 현자의 가문으로 유명했다. 그리고 오로지 문으로만 가문을 이끌어 온 가문과 다르게 펠마스 가문은 현자의 가문이면서도 무력 역시 만만치 않은 가문으로 유명했다. 그에 브라이튼 자작 가문은 펠마스 백작 가문에 미묘한 경쟁심을 가지고 있었는데 30년 전 일었던 피의 폭풍 덕분에 나란히 멸문의 화를 당한 가문이었다.

그에 웰링턴은 자리에서 일어나 브라이언을 바라보며 공손히 읍을 하며 입을 열었다.

"부러워마지 않던 펠마스 가문의 차남, 아니 이제는 당대의 가주님이 되신 브라이언 펠마스님을 뵙습니다."

그런 웰링턴의 말에 브라이언은 씁쓸하게 웃으며 손사래를 쳤다.

"가문은 없소. 이곳에 있는 나는 그저 용병 브라이언일 뿐이오."

"역시… 그렇군요."

그 한마디에 웰링턴은 모든 것을 간파했다.

"복수를 포기하신 겁니까?"

"복수는 포기하지 않았소. 복수는 30년의 긴 기다림 끝에 이제 시작하고 있소."

"복수를 시작하셨다 함은……."

"그대도 알고 있을 것이오. 그때의 상황을 말이오. 그리고 그 피의 폭풍을 주도한 것은 바로 칼뤼베이우스 가문이라는 것 역시 말이오."

"물… 론입니다."

"또한, 조사한 대로 이곳 플랑드르는 칼뤼베이우스 가문이 불법으로 점유했고, 그것을 불과 보름만에 회복한 것도 말이오."

"그렇다면……."

"그들은 다시 올 것이오."

"그렇군요. 헌데……."

"대장님은 결코 칼뤼베이우스 가문을 그대로 둘 생각이 아니오."

"허면……."

"그들이 도발해 온 다면 그때는 칼뤼베이우스 가문의 이 지상에서 사라질 것이오."

"허나!"

"믿지 못하겠소?"

"…그렇소."

그에 브라이언은 슬쩍 미소를 보였다. 그것이 웰링턴에게는 비웃음으로 비춰졌다. 허나, 그는 머리를 흔들어 그 생각을 지워 버렸다. 그가 자신을 비웃을 이유가 없었던 것이다. 그는 다시 하나둘 상황을 살폈다.

그동안 취합했던 첩보와 정보가 그의 머리에서 하나 둘 분리되고, 취합되면서 하나의 결론을 이끌어내고 있었다.

'브라이언. 그가 창으로 유명했던 가문의 일원이라는 것은 인정한다. 하지만 그는 가문의 마나 호흡법을 제대로 수습하지 못했고, 3류 용병으로 혹은 전쟁 용병으로 떠돌아 다녔다.'

그러면서 제라르와 얀센 그리고 브라이언을 비롯한 제장들을 훑어보는 웰링턴.

'하지만 최근 몇 년간 저들의 실력은 그야말로 일취월장했다. 정보대로라면 의형제라는 제라르와 얀센이라는 자는 이미 마스터의 경지에 올랐음은 물론이오, 네 명의 수하 역시 그에 근접한 것이 분명하다.'

생각이 거기까지 미친 웰링턴은 복잡한 심경을 담은 눈으로 브라이언을 바라봤다. 그의 시선을 받은 브라이언은 무덤덤하게 그의 시선을 받아 넘겼다. 바로 옆에 천둥 번개가 떨어진다 해도 놀라지 않을 것 같았다.

'결론은 결코 허언을 하지 않는다는 것이다. 그리고 지금 이 상황을 충분히 예측하고 있었다는 것도 말이다.'

그런 그의 복잡한 심경을 이미 알고 있다는 듯이 다시 브라이언이 입을 열었다.

"말과 생각이 많이 다른 것 같소."

"그······."

무언가 반박할 말을 찾던 웰링턴은 결국 자신이 밀렸음을 깨달았다. 그때 체바로가 그의 소매를 잡아당겨 그를 자리에 앉혔다.

"자신이 있으십니까?"

"자신이 없다면 당신을 부르지도 않았을 것이고, 당신을 기억에 떠올리지도 않을 것이다. 기반이 마련되었으니, 지금은 세력이 필요하다. 그래서 당신을 부른 것이다."

"기반이라면?"

"바로 이곳. 플랑드르."

"호오~"

아론의 말에 체바로는 고개를 끄덕였다.

철광석과 양모가 많이 나고, 플람베르 가문과 칼뤼베이스 가문에 연결된 곳. 또한, 물산이 풍부하며, 사통팔달이니 용병들에게 있어서 그지없이 좋은 곳이라 할 수 있었다.

"하지만 이곳을 플람베르 가문에서 순순히 내어놓을 리는 없지 않습니까?"

"명목상일 뿐이다."

"그렇다는 것은……."

아론의 말에 웰링턴은 입을 쩍 벌리면서 놀랐다. 명목상이라는 것은 이미 내부적으로 조절이 끝이 났다는 것일 게다. 그저 대외적으로 합당한 명분이 없기에 형식을 취하고 있을 뿐이라는 말이었으니까.

"이곳은 용병들의 대지가 된다. 이미 플람베르 가문의 가주와 소가주 등에게 모두 허락을 받은 사항이지."

"단지 시기만을 기다리고 있을 뿐입니까?"

"세력이 모자라다. 이 넓은 곳을 용병들로 가득 채울 세력이 말이다."

"그렇다면 저를 잘 부르셨군요."

"생각이 있는가?"

"물론, 생각이 있습니다."

체바로는 웃으며 입을 열었다.

"아직 인정하지 못하겠다는 것이로군."

"물론입니다."

"그럼 일단은 여기까지 하지. 그리고 머무르는 동안 임페리움 용병대에 대해서 잘 파악해 보도록."

물론, 용병대에 대해서만이 아닐 것이다. 아론은 용병대뿐만 아니라 주변 정세에 대해서 면밀히 살피라는 말과 다르지 않았다.

그에 체바로는 고개를 끄덕였다. 이것은 단순한 문제가 아니었다.

이미 플람베르 가문의 인정을 받았다. 그것은 지금까지 그 어떤 용병도 해내지 못한 것이라 할 수 있었다. 일개 용병으로서 에퀘스의 성역의 2좌에 머물고 있는 플람베르 가문의 절대적인 지지를 받고, 플랑드르를 쟁취했다.

하지만 수가 없어 쟁취한 플랑드르를 용병들의 대지로 바꾸지 못하고 있었다.

이런 상황이 오래 지속된다면 결국 다시 다른 세력들의 견제에 의해 원래대로 비루한 용병들로 머물 수밖에 없을 것이다.

'일단 그를 인정해야만 한다. 수십 년 동안 용병들이 해내지 못한 일을 고작해야 4백 명으로 해낸 그다.'

그랬다.

현재 국경 인근에 용병들만의 마을이 존재한다고는 하지만 그들의 생업은 단지 전쟁 용병들일 뿐이었다. 용병들의 대지가 아닌 땅을 빌려 쓰고 있을 뿐이었다. 그리고 수많은 세력으로부터 견제를 받으며 눈칫밥을 먹고 있는 것과 다르지 않았다.

"헌데 말입니다."

아론이 일어서 자리를 벗어나려 할 때 체바로가 다시 입을 열었다.

"쿠테란 마을과 토툰 마을은 어찌할 생각이십니까"

"쿠테란 마을은 흡수할 생각이다."

"토툰 마을은……."

"당연히 제거되어야만 한다. 그렇지 않고서는 용병에 대한 인식을 새롭게 할 수 없으니 말이다."

"그 방법이……."

"전쟁인 것이지."

"전쟁 말입니까? 하지만 그렇게 해서는 그들을 어떻게 하기 힘듭니다. 토툰 마을은 그저 단순한 범죄자 집단으로 이뤄진 용병 마을이 아닙니다. 그들의 뒤에는 바로 거대 상단과 귀족들이 연결되어 있습니다."

"모르는 바가 아니다."

"그렇다면 그들과 모두 싸우시렵니까?"

"어둠 속에서 싸울 이유는 없지."

"그럼?"

"세력 전쟁이다. 그들의 점유하고 있는 곳을 우리가 점유한다. 그들은 어둠 속에서 움직이는 용병이지. 귀족들 역시 그들을 활용할 때는 은밀함과 어둠을 이용할 뿐이지."

"밝은 곳에서 절대 그들을 지지하지 않을 것이라는 말이로 군요."

"그들에게 있어 토툰 마을의 용병들은 그런 존재니까. 그런 용병들을 대체할 이들은 얼마든지 있고 말이지."

"그렇군요."

그 말을 남기고 아론은 자리를 벗어났다. 하지만 체바로는 한참 동안 접객실을 벗어나지 못했다. 그것은 그의 책사인 웰링턴 역시 마찬가지였다. 깊고 깊은 생각 속에 잠겨들 뿐이었다.

CHAPTER 3

잠깐의 휴식

"저들이 따라 오겠습니까?"

"아니면 마는 거지 뭐."

브라이언의 질문에 너무나도 담담하게 농담처럼 답을 해버리는 아론이었다. 그에 브라이언은 허탈하게 아론을 바라봤다.

"어차피 그들도 알고 있을 거야. 선택하지 않으면 나와 부딪히게 된다는 것을 말이지."

"그렇긴 한데……."

"고민하겠지. 이미 나와 임페리움 용병대의 행적을 모두 파악하고 조사했을 터이니까 말이야."

"그래서 더 걱정입니다."

"다가오지 않을 일로 걱정을 하지 말자고."

"그야 그렇지만… 이후의 대책을 세워야 하지 않겠습니까?"

"이후도 별것 없을 거야. 왜냐하면 그들도 준비해야 할 테니까."

"그렇… 긴하군요."

"걱정하지 말라고. 그들이 내 손을 거부하고 물러나더라도 결코 빠른 시간 안에 우리를 어쩔 수 없을 테니까. 그리고 그 시간 동안 우리는 차분하게 우리의 세력을 키워나가면 되겠지."

"알겠습니다."

"참. 브라이언 형님은 걱정도 팔자유."

그때 제라르가 살짝 대화에 참여하며 불쌍하다는 얼굴로 브라이언을 바라봤다. 하긴 그것을 이해 못하는 것도 아니었다. 만약 이렇게 조심스러운 브라이언이 아니었다면 과거 자신이 백인장으로 있었을 때 그 많은 작전을 성공적으로 이끌어내지 못했을 테니까 말이다.

"네놈이 걱정을 안 하니 나라도 해야지."

"그건 그렇수만……."

그런 둘의 대화에 아론은 피식 웃으며 입을 열었다.

"자아~ 이제 다들 쉬어 둬. 다시 바빠질 테니까."

"그건 그렇습니다만 정말 전쟁을 하실 겁니까?"

"지금은 시간이 없어."

"무슨 시간 말입니까?"

브라이언의 물음에 아론은 문득 걸음을 멈추고 브라이언과 자신을 따르는 이들을 한번 주욱 훑어보았다. 그리고 약간 고민을 할 수밖에 없었다. 자신의 모든 것을 털어놔야 할지 말아야 할지 말이다.

"무슨 고민을 그렇게 하는거유?"

갑자기 말이 없어지고, 심각한 표정이 되어버린 아론에게 제라르가 물었다. 아론은 그런 제라르의 얼굴을 빤히 바라보다 이내 무언가를 결심한 듯한 표정으로 고개를 끄덕인 후 입을 열었다.

"다들 오늘 시간이 되나?"

"시간이야 뭐……."

"남는 게 시간이우만."

하긴 그럴 만도 했다.

초창기부터 자신과 함께 한 이들은 여자는 물론, 도박 혹은 술이나 가벼운 유흥조차 하지 않은 이들이었으니. 남들이 보면 무슨 재미로 살아가느냐는 소릴 들을 정도였다. 이들은 남는 시간이면 수련에 힘썼다.

오로지 수련이었다.

그래서 이들은 누구보다 빨리 강해지고 있었다.

"그래. 그럼 식사 후 오랜만에 한 자리에 모여야 할 것 같군."

"중한 일이우?"

"어떻게 보면 그럴 수도 있겠군."

"알겠수."

간단하게 답을 하는 제라르. 그의 말이 모두의 의견과 같았다. 아니 오히려 그들은 도대체 아론이 자신들에게 무슨 말을 하려는지 궁금해 미칠 것 같다는 표정일 지어보였다. 마음 같아서는 저녁을 굶고서라도 어서 듣고 싶어 하는 표정이었지만 어쨌든 아론 역시 마음의 준비가 필요했기에 어떻게 보면 가당치도 않은 기대라 할 수 있었다.

아론이 식사 후 모이자는 말에 모두 빨리 저녁을 하러 이동했다. 아론은 그런 그들을 보며 자신의 내심을 정리하기 시작했다.

'그래. 언젠가는 해야 할 일이다.'

그리고 결심했다.

언젠가는 밝혀야만 했다. 그 이유는 이들은 자신과 평생을 함께 가야 할 이들이었고, 자신이 가장 믿어야 할 사람들이었기 때문이었다. 아론은 우선 먼저 자리를 잡고 앉아 있었다.

그리고 얼마 지나지 않아 제라르와 얀센, 그리고 네 명의 용병들이 안으로 들어섰다.

그들이 모두 자리를 잡고 앉자 아론은 우선 공간을 분리시켰다. 그렇게 함으로써 이곳에서 이뤄진 대화는 절대 외부로 빠져 나갈 일은 없을 것이다. 물론, 이 안에서 배신자가 생긴다면 어쩔 수 없지만 말이다.

그러는 동안 여섯 명은 아론을 바라보고 있었다. 그들의 시선을 받은 아론은 그들을 각각 한 번씩 본 후 느릿하게 입을 열었다.

"보자… 어디서부터 시작해야 할까? 맞다. 우선 내가 가진 힘의 근원부터 말을 해야 할 것 같군."

"……?"

힘의 근원이라는 말에 다들 궁금증 가득한 얼굴로 아론을 바라봤다.

'힘의 근원이라니. 대체……'

모두가 그런 생각을 가지고 있을 때 아론은 벌써 몇 년 전이 되어버린 여명의 작전에서부터 이야기를 시작했다.

"…그때 난 분명히 죽었다. 다른 차원의 나에 의해서 말이다."

"그럼, 여기 있는 형님은 대체 뭐유."

"다시 살아난 게지."

"어떻게 말이우."

"그건 다른 차원의 내가 가진 힘에 의해서이다. 그것은 상상조차 할 수 없을 정도의 거대한 힘이지. 그중 나는 세 개의 힘을 가지게 되었고, 나머지 네 개의 힘은 이 세계 전체에 뿔뿔이 흩어졌다."

"그런데 그거하고 지금 이야기하는 것과 무슨 상관이 있다는 것이우."

제라르가 재촉했다.

아론은 작게 고개를 끄덕인 후 다시 입을 열었다.

"그 일곱 개의 힘은 서로를 끌어당기는 힘이 있다."

"그건……."

"악이든 선이든 반드시 다른 힘을 흡수해야 한다는 것이지."

"그렇다면……."

"이번 회색 오크 일족의 각성에 그 힘이 큰 작용을 했다."

"그런……."

"그걸 어떻게 아는 겁니까?"

"나는 공간에 대한 능력과 이 세상이 아닌 다른 세상의 지식과 지혜, 그리고 절대의 무력을 손에 넣었지. 그리고 그 각자의 능력은 서로를 인지하게 되어 있지."

"그렇다면……."

"조만간 이 세상은 거대한 피의 폭풍이 불어올 것이다. 절대의 능력을 가진 인간의 욕심은 결국 피를 부르게 되어 있으니까. 그리고 지금 당장에도 그 결과가 도출되고 있다."

"바로 오크들의 각성 말이군요."

"그래."

"……"

아론의 충격적인 말에 다들 입을 조개처럼 꽉 닫은 채 각자의 생각에 깊이 빠져들었다. 그럴 수밖에 없었다. 만약 다른 이가 이런 말을 했다면 믿지 않았을 것이다. 하지만 지금 자신들의 눈앞에 있는 아론의 말이었다.

형님이고, 주군이 그의 말이었다. 또한, 자신들의 생명을 거둔 이의 말이다. 그의 말이라면 섶을 지고 불에 뛰어들라 해도 뛰어들 것이다. 그에 의해서 구함받은 생명이니 그가 거둬가는 것이 맞았다.

"그럼 마스터께서 용병들의 대지를 만들고자 한 이유는 바로……"

"맞아. 그들과 대적하기 위해서이고, 피의 폭풍으로부터 이곳을 지켜내기 위해서지."

"허어~ 우리 영웅 놀이 하는 거였구만……"

이 순간에도 제라르는 자신의 해학을 버리지 않았다. 하지만 그 누구도 가볍게 웃지 않았다. 그의 가벼운 말 속에는 가슴을 뛰게 하는 단어가 포함되어 있었기 때문이었다.

바로 영웅이라는 단어 말이다.

여기서 몇 명을 제외하고는 자신이 태어난 곳도 나이도 제대로 모른다. 세상을 떠돌다 용병이 되었고, 가문의 멸문 이후 신분을 숨기기 위해 용병이 되었다. 아론을 만나지 않았다면 그저 그런 용병이 되어 쓸쓸하게 이 세상을 살다 이슬처럼 증발해 버렸을 것이다.

헌데, 그런 자신들이 세상을 지킬 영웅이 되어야 한다는 말에 가슴이 뛸 수밖에 없었다.

'영웅, 영웅이라······.'

그들은 내심 제라르의 말을 되뇌고 있었다.

'사내로 태어나 세상을 구한 영웅이 된다라······.'

'히이~ 영웅, 영웅이란 말이지. 피의 구렁텅이에서 세상을 구해낸 영웅 말이지.'

각자의 생각이었지만 그들이 집중하는 단어는 단 하나, 영웅이었다.

"합니다."

얀센은 다부지게 입을 열었다.

"영웅이고 나발이고 난 모르겠수. 하지만 이것은 아우. 형님이 아니었으면 지금의 나는 존재하지 못했다는 것 말이우. 그런고로 난 형님과 죽을 때까지 함께할 거유."

"자칫 잘못하면 세계를 파멸로 이끈 이로 역사에 기록될 수도 있다."

"하하하. 상관 없수. 악인이든 영웅이든 어딘가에서 쓸쓸하게 죽어갔을 내가 이름을 남기게 되었으니 그 이상 뭐가 필요하겠수. 필요하다면 내 목을 가져가도 좋수. 나는 형님과 함께 할 거유."

제라르는 제법 길게 자신의 의견을 피력했다. 그에 아론은 고개를 끄덕인 후 나머지 인원을 바라봤다. 그에 브라이언을 비롯한 네 명의 용병들 역시 고개를 끄덕이며 자리에서 일어나 나름의 예를 취했다.

"영웅이 중요한 것이 아닙니다. 남아로 태어나 마스터와 함께 세상을 질타할 수 있는 것으로 족합니다. 제라르의 말처럼 어차피 우리는 마스터가 아니면 죽었을 목숨. 여벌의 목숨으로 살아가는 것입니다."

"여벌의 목숨이 아니지. 그렇게 생각하는 것은 좋겠지만 너희들의 목숨은 모두 하나일 뿐이다."

아론의 말에 브라이언은 털털하게 웃으며 입을 열었다.

"마스터께서 그렇다면 그런 것이겠지요. 그렇다 하더라도 우리는 마스터를 떠날 생각이 없습니다."

"다들 멍청하군. 죽을지도 모르는데 말이야."

"삶과 죽음이 꼭 무엇을 택하는 것에 가장 우선하는 것은

아닙니다. 그리고 우리가 다 죽도록 내버려 둘 형님도 아니잖
습니까?"

"그야 그렇다만."

"어쨌든 이제 준비를 철저하게 해야 하겠습니다."

"그래야겠지."

아론의 말에 다들 상당한 충격을 받긴 했지만 얼마 지나지
않아 담담하게 받아들이고 있었다. 그런 이유는 바로 이곳을
판타지 세계이기 때문이라고 생각하는 아론이었다. 마족이 있
고, 신이 있으며, 천족이 있고, 유사 인류가 있다.

있을 수 있는 모든 일이 존재하는 세상이기에 충격은 받겠
으나 받아들이지 못할 일은 절대 아니었던 것이다.

"어쨌든 다들 고맙다."

"고마운 거야 우리가 더 고맙지 않겠수? 형님이 가진 비밀
을 우리에게 털어놓은 것은 그만큼 형님이 우리를 믿기 때문
이라는 반증이니 말이우."

"그런가? 어쨌든 조금은 후련하군."

"그럼 이제 뭘 하면 되는 거유?"

제라르의 물음에 아론 대신 브라이언이 답을 했다.

"세력을 확장하고, 실력을 키워야겠지."

"음. 세력이야 뭐 브라이언 형님이 머리를 쓰는 것이겠고,
남은 것은 실력을 높이는 것인데 그게 어디 마음대로 되는 것

도 아니고……."

"다급해하지 마라. 아직 시간은 남았으니 말이다."

"알겠수. 그런데 체바로는 어찌할 거유?"

"되면 좋은 거고 아니면 마는 거지. 어차피 추후에 통합을
해야 할 이들이니까."

"그들은 아마 마스터의 제안을 수락할 것입니다."

제라르와 아론의 대화 속으로 브라이언의 끼어들었다.

"그 이유는?"

"브라이튼 가문의 장남인 웰링턴은 그리 어리석은 자가 아
니기 때문입니다."

"어리석지 않은 것과 내 제안을 받아들이는 것과는 조금 다
르지 않나? 체바로는 나약해 보이지만 원대한 야망을 가진 자
야. 그런 자가 쉽게 허리를 숙이고 들어올 이유는 없지 않나?
더군다나 그는 이미 자신의 기반 세력을 가지고 있어."

"물론, 그렇습니다. 하지만 이것 하나를 생각하셔야 합니다.
바로 그들은 자신의 세력을 비호할 세력이 없다는 것입니다.
지금까지 수많은 용병들이 용병들의 대지를 만들기 위해 노력
했습니다. 하지만 모두 실패했습니다. 그 이유는 다들 아시리
라 생각합니다."

바로 그 점이 중요했다.

그동안 많은 용병 세력이 용병들의 대지를 혹은 용병 왕을

지칭했다. 하지만 그 누구도 성공하지 못했다. 그때마다 더 큰 기존 세력에 의해 용병들의 꿈이 분쇄되고 있었다. 귀족에 의해서 혹은 바벨의 탑에 의해서, 또는 에퀘스의 성역에 의해서 말이다.

지금도 마찬가지다.

어찌어찌해서 용병들은 마을을 형성하고, 세력을 만들었다. 하지만 그들을 지지하는 세력 혹은 비호하는 세력은 어느 곳도 없었다. 하지만 아론은 달랐다. 비록 플람베르 가문 하나뿐이지만, 그래도 다른 곳보다 더 실현 가능성이 많았다.

왜냐하면 플람베르 가문은 에퀘스의 성역의 2좌에 올라 있는, 막강한 힘을 가지고 있는 가문이었기 때문이었다. 그리고 또 그저 그런 지지가 아닌 강력하기 그지없는 혈맹과 같은 지지였다.

플람베르 가주와 소가주의 생명의 은인이고, 소가주의 친구였다. 또한, 그들은 은연중에 플랑드르를 아론에게 넘기고 있었다. 물론, 아직까지 아론의 세력이 제대로 갖춰지지 않았기 때문에 형식상 플람베르 가문의 1원로가 총독으로 있기는 하지만 언젠가는 아론에 의해 다스려지는 영역이 될 것이다.

물론, 그 속에는 알게 모르게 플람베르 가주의 노림수도 작용했다. 철광석과 양모의 주산지이면서도 이곳은 플람베르 가문과 칼뤼베이우스 가문, 그리고 남으로는 굴카마스 가문이

위치하고 있고 북으로는 타베스 산을 넘어 마테리아 가문과 연결되어 있는 지정학적 위치를 가지고 있었다.

굴카마스 가문은 플람베르 가문과 달리 대지의 가문이라 일컬어지며 에퀘스의 성역에서 당당히 1좌를 차지하고 있는 가문이었고, 마테리아 가문은 유일하게 여성으로만 이루어진 가문으로서 태양의 가문이라 불린다.

그리고 중요한 것은 에퀘스의 성역의 일곱 개 가문에서 상재로서 가장 강력한 금력을 가지고 있는 가문이기도 했다. 그러니 이 플랑드르는 실로 절묘한 지역임에는 분명했다. 그곳을 아론에게 맡겼다는 것은 플람베르 가문이 성세를 회복할 동안 그들로부터 자신들을 지켜달라는 것과 다르지 않았다.

그것은 바로 플람베르 가주의 노림수였다. 생명의 은인에게 어떻게 그럴 수 있느냐고 말을 하겠지만 아론은 기꺼이 받아들였다. 그 정도의 어려움도 없이 플랑드르를 얻고, 플람베르 가문의 절대적인 지지를 받을 수 없다는 것을 알기 때문이었다.

"그 이유는 그들 역시 알고 있을 것입니다. 비록 마스터께서 세력은 약할지 모르나 가장 중요한 든든한 지지 기반이 있다는 것은 가장 큰 이점으로 작용할 것입니다. 또한……."

그러면서 히죽 웃음을 떠올리는 브라이언.

"그들은 자신들의 세력이 더 크니 어쩌면 우리를 잡아먹을 수 있을 것이라는 계산도 서 있을 수 있습니다."

"아마도 그 생각이 가장 클지도 모르겠군."

아론이 툭 내뱉었다.

그에 다들 고개를 끄덕였다. 비록 임페리움 용병대가 4백 명이고, 추후 오크들이 합류한다면 용병대가 아니라 용병단이 될 가능성이 높지만 아직 오크 전력은 드러나지 않은 상태였다. 그들 역시 오크들이 임페리움 용병대의 전력이라고는 생각하지 못하고 있을 것이다.

그동안 오크라고는 카툼 혼자였으니까. 그것도 오크가 아닌 그레이란 이름으로 행동했고 말이다. 그렇다면 그들은 충분히 임페리움 용병대를 자신들이 잡아먹을 수 있을 것이라고 생각할 것이 분명했다.

"그렇다면 그들은 아론 형님의 제안을 수용하겠군."

"그렇습니다."

"그럼 그들이 이쪽으로 옮겨 오려나?"

"아마도 그럴 것입니다. 아무래도 전력을 유지하는 것은 전투가 항상 있는 전방보다는 후방이 훨씬 유리하기 때문일 겁니다."

"하지만 그들 전부가 옮겨 오지는 않겠지."

"체바로를 지지하는 세력만 옮겨 올 것입니다. 아직 그는 우든 마을의 촌장이 아니니 발언권이 있기는 하겠지만 촌장

만큼은 아닐 것이니까 말입니다."

브라이언의 설명에 모두 고개를 끄덕이며 그의 말을 수긍했다. 아론 역시 그 생각이 맞다고 여겼다.

"그건 그렇고 아까 아론 형님의 말 중에 전쟁을 준비해야한다고 말한 것 같은데 말이우."

제라르가 자신의 의문을 풀 생각으로 질문인지 확인인지모를 말을 중얼거렸다.

"용병에 대한 새로운 인식을 심어주기 위해서 필연적입니다."

"그 뭐냐, 토… 툰?"

"맞습니다. 토툰 마을과는 전쟁을. 쿠테란 마을과는 융합을 실시해야 합니다."

"쿠테란 마을이라면 그……."

"이종족 용병 연합입니다."

"아! 맞군. 이종족 용병들. 그들은……."

얀센은 무언가 생각날 듯 말 듯 한 것처럼 인상을 찌푸리며머리를 톡톡 두드렸다. 그에 브라이언이 그 답을 대신 했다.

"엘프, 드워프, 수인족으로 구성되어 있으며, 토툰 마을이나우든 마을의 용병들보다 그 수는 절반 이하지만 전투력만으로 치면 훨씬 상회한 이들입니다."

"흐음. 그럼 어렵지 않을까? 내가 알기로 그 세 종족들은 오크들과 그리 사이가 좋지 않은 것 같은데 말이지."

"물론 그럴 수도 있지만, 그렇다 하더라도 반드시 그 쿠테란의 용병들은 흡수해야 합니다. 그들의 실력도 실력이지만 그들을 흡수하게 된다면 이종족을 아군으로 끌어들일 수 있는 명분을 가질 수 있기 때문입니다."

"물론, 그러면 좋은 줄은 알겠는데 도대체 어떻게 그들을 흡수할 생각이지? 내가 아는 한도 내에서 그들은 굉장히 폐쇄적인 것으로 알고 있는데 말이지."

얀센의 말에 브라이언은 제대로 알고 있다는 듯이 고개를 끄덕이다 입을 열었다.

"최근 토툰의 용병들이 이종족 노예 사냥과 함께 노예 상인을 겸하고 있다는 정보가 있습니다."

"뭐 그건 정보가 아니라 공공연한 비밀이지. 이미 대부분의 귀족들은 그들은 성노나 물건을 잘 만드는 노예로 사용하기도 하고, 바벨의 탑에서는 그들을 마법 실험 재료로 사용하고 있으니까."

"그럼, 바벨의 탑과 귀족들과도 싸워야 한다는 건데 말이우. 일이 너무 커지는 거 아니우?"

얀센의 말에 제라르는 조금은 걱정스러운 듯이 입을 열었다. 그 정도는 여기 있는 모든 이들 역시 생각해 낼 수 있는 일이었다.

"중요한 것은 그 모든 것이 공개적인 것이 아니라 암묵적으로 이뤄지고 있는 일입니다. 그리고 공식으로 이종족 노예사냥과 거래는 불법입니다."

"그건 그런데 말이우."

"정작 그런 일이 발생했을 때 그들은 절대 전면적으로 나서지 않을 것입니다. 다만, 알게 모르게 지원을 할 것이지만 그것도 한계가 있는 법. 결국 버티는 자가 승리하는 것입니다."

"나는 버틸 생각이 없다. 전쟁을 시작했으면 반드시 승리해야 하는 것이다. 그리고 그런 인간 같지 않은 놈들의 사정을 봐줄 생각도 없고 말이다. 구더기 무서워서 장 못 담글 일은 아니지."

"구더기가 뭐 어쨌다고 그러우?"

"고대 속담에 그런 말이 있다. 다소 방해되는 것이 있다 하더라도 마땅히 할 일은 하여야 함을 이르는 말이지."

"그거 참 좋은 말이우."

제라르의 말에 브라이언은 히죽 웃으며 아론을 보고 입을 열었다.

"선전포고를 하시겠습니까?"

"해야지."

"언제……."

"일단 체바로의 의견을 듣고 난 이후에."

"알겠습니다."

어느 정도 대화가 끝이 나자 아론은 분리시켰던 공간을 풀어냈다. 하지만 다른 이들은 전혀 그런 낌새를 알아차리지 못했다. 그냥 평상시 그대로인 것처럼 행동했다. 그러자 기다렸다는 듯이 문을 두드리는 소리가 들려왔다.

"무슨 일인가?"

"손님이 보자고 합니다."

"그래. 간다고 해."

"알겠습니다."

간단하게 대답을 한 아론이 자리에서 일어나며 입을 열었다.

"자아~ 대충 이야기가 끝난 것 같으니 일어나서 손님을 보러 가야지?"

"알겠습니다."

모두 아론을 따라 문을 나섰다. 그러다 그들은 눈살을 살짝 찌푸렸다. 들어갈 때는 분명 어두운 밤이었건만 문을 나서니 눈을 찌르는 햇살 때문에 잠시 멍해졌기 때문이었다. 그들은 하룻밤을 새가며 꼬박 대화를 하고 나온 것이었다.

"후아~ 겨우 몇 시간 지난 것 같더니……."

"그러게 말이지라."

오랜만에 유리가 입을 열었다.

"시간이 이렇게 오래 흘렀는지 몰랐거든요."

니콜라이도 맞장구를 쳤다.

"일단 너희들은 대원들을 훈련시키고 있도록."

"알겠습니다."

아론의 말에 얀센이 대답하고 브라이언을 제외한 모두가 연무장으로 향했다. 하룻밤을 꼬박 샜지만 그들의 얼굴에는 피곤함이란 찾아볼 수 없었다. 최하에서부터 최상급에 이른 그들이었기에 하룻밤 샜다고 해서 몸에 무리가 갈 일은 별로 없었다.

그런 그들을 바라보다 아론은 브라이언과 함께 접객실로 걸음을 옮겼다. 그곳에는 예의 체바로와 함께 어제 있던 그 인원 그대로 있었다. 그런데 상당히 고민을 많이 했던지 그들의 얼굴은 피곤한 표정이 역력했다.

"아침은 했나?"

"덕분에……."

아론의 말에 예의상 답을 하는 체바로. 아론과 브라이언이 체바로의 맞은편에 앉자 임페리움 용병대 본부에서 허드렛일을 하는 이들이 차를 내왔다. 그에 체바로는 상당히 의외라는 듯이 차를 바라봤다.

"의외로군요."

"뭐가 말인가."

"보통 용병이 대화를 함에 있어 차를 내온다는 것이 말이오."

"나쁠 것도 없지 않지."

"그야 그렇지만 왠지 어울리지 않는 것 같아서 말이오."

"어울리고 어울리지 않고는 그저 통념일 뿐이지. 새로운 용병들을 위해서는 반드시 그 통념부터 없애야 하겠군."

"물론, 그렇기는 하지만……."

"그럼 술을 하겠나?"

"아. 아닙니다. 매우 이례적이어서 해본 말입니다."

"그런가? 어쨌든 그건 그렇고 밤사이 상당히 고민한 것 같구만."

"사실 많은 고민을 했소."

"그런가? 그래서 결론은?"

아론은 단도직입적으로 물었다.

"답을 하기 전에 먼저 묻겠소."

"뭐를?"

"가능성이 있소?"

체바로의 물음에 아론은 슬쩍 입꼬리를 말아 올리면서 답을 했다.

"적어도 지금까지의 어떤 용병이나 용병단보다 가능성은 높지. 그 이유는 당신이 더 잘 알 것 같군."

"물론, 그렇소. 허나, 겨우 플랍베르 가문 하나만 가지고는 어렵지 않겠소?"

"그렇기는 하지. 하지만 지금은 시작일 뿐. 당신이 합류하고, 쿠테란 용병들도 합류시키고, 토툰 용병들을 제거한다면 그리 불가능하지는 않지."

"쿠테란 용병들을 합류시킬 방도는 있소?"

"그야 토툰의 용병을 제거하면 되지."

"허나, 그들은……."

"물론, 그들은 바벨의 탑과 귀족들의 하수인들이지. 하지만 그렇다 하더라도 그들은 전면에 나서지 못하지. 왜냐하면 이 제국은 근본적으로 이종족에 대한 사냥과 거래를 허용치 않고 있으니까. 그 말인즉슨 그들은 옳지 못한 일을 불법적으로 저지르고 있다는 말이 되지."

"하지만 그들은 묵인하고 있소."

"여태 그것을 전면적으로 들고 일어난 이들이 없었으니까. 그리고 그들을 지지하는 세력이 없었으니까."

"으음……."

아론의 막힘없는 답에 체바로는 나직하게 신음성을 흘린 후 잠깐의 숙고의 시간을 가졌다.

"내가 이쪽으로 옮겨와야 하는 것이오?"

"그래야 하지 않겠나? 그곳에서 당신의 꿈을 펼칠 수는 없을 테니까."

"그건……."

망설이는 체바로.

기실 지금 우든 마을은 세력 싸움이 한창이었다. 한데 뭉쳐서 앞으로 나가도 시원찮을 판국에 자신의 양아버지인 카스트로와 부촌장인 기드빈 사이에서는 보이지 않는 암투가 지속되고 있었다.

그 사이에서 체바로는 난감한 지경에 이르고 있었다. 명분상 자신은 분명히 양아버지의 편에 서야만 했다. 하지만 자신이 일궈놓은 세력은 미약하기 그지없어서 부촌장 기드빈의 협박에 견뎌내기 힘들 정도였다.

우든 마을에서 그의 위치는 실로 애매모호했다. 그 이유가 바로 촌장이 건재하기 때문이기도 했지만 그의 꿈은 너무 이상론적이기 때문이기도 했기에 그의 꿈에 동조하는 이들이 극히 드물 수밖에 없었다.

물론, 그렇다 하더라도 체바로의 세력이 아론보다 적지는 않았다. 우든 마을은 총 15만에 가까운 용병과 그 가족들이 있었다. 마을이라고 칭하기에는 그 수가 지나치게 많은 면도 없지 않았지만 어쨌든 인정받지 못하고 있기에 그저 우든 마을일 뿐이었다.

그중 체바로를 따르는 이는 고작해야 1만 정도. 촌장과 부촌장과의 세력 싸움에 그가 설 자리가 없었던 것이다. 촌장의 양아들이라는 후광 때문에 처음에 어떤 목적을 가지고 자신에게 의탁한 이들도 있었지만 시간이 흐름에 따라 그런 이들은 점점 떨어져 나가고 겨우 1만만 남았을 뿐이었다.

세력을 형성하기가 쉽지 않았다. 이래서는 자신의 꿈을 이루기가 쉽지 않았다. 평생을 가도 쉽지 않을 것 같았다. 그러던 와중에 자신이 끌어들이려 했던 이에게 역으로 제안이 들어왔다.

기본적으로는 힘을 합치자는 제안이었다. 하지만 그렇게 하기에는 그동안 자신이 일궈온 것들이 너무나도 허망해질 수가 있었다. 거기에 자신을 끝까지 믿어주고 지지해 줬던 이들이 배신감을 느낄 수도 있었다.

그래서 망설이는 것이다. 그는 눈앞의 아론을 바라봤다. 그의 표정은 전혀 흔들림 없었고, 여유로웠다.

"단도직입적으로 묻겠소."

"의심이 많군."

"이왕이면 신중하다고 해주시구려."

"그럼 신중하군."

아론의 말에 피식 웃어버리는 체바로. 그는 지금 이 순간 느낄 수 있었다. 지금 자신의 앞에 있는 자는 우든 마을에서 자신이 영입 제안을 했던 인물이 아니라는 것을 말이다. 그렇다고 해서 약세로 돌아설 수는 없었다.

"나에게, 아니 우리에게 무엇을 줄 수 있소."

"꿈. 그리고 현실."

아론은 망설이지 않았다. 그의 말에 체바로는 침묵했다. 너무나도 간단한 말이었지만 그의 말이 실제 이루어질 것 같은 느낌이 들었다.

'이게 무슨 생각인지. 단지 말뿐이거늘 그것이 이뤄질 것 같은 느낌이라니……'

그는 슬쩍 자신의 곁에 있는 웰링턴을 바라봤다. 웰링턴의 얼굴은 무표정했다. 도대체 무슨 생각을 하는지 알 수 없었다. 그리고 마침내 그는 결정을 내렸다.

"합류하겠소."

"잘 생각했어."

"하지만 바로 합류할 수는 없소."

"그러라고 하지는 않았어. 시간이 필요하겠지."

너무나도 선선하게 답을 하는 아론. 마치 자신들의 결정과 행동을 유추하고 있다는 듯한 태도였다.

"알고 있었소?"

"대충 돌아가는 상황을 보면 알게 되는 것이지."

"끄응. 그건 그렇고 토툰의 용병들은 어찌할 거요."

"조만간 정리할 생각이긴 한데……"

"그렇게 가볍게 내뱉을 수 있는 말이 아니오. 그들은 그저 그런 용병들이 절대 아니오. 귀족들의 비호를 받고, 바벨의 탑과 연관이 있는 용병들이오. 아무리 전면에 나서지 못한다고는 하지만 그렇다하더라도 절대 무시할 수 없는 세력이오."

"가볍게 한 말이 아니다. 어떻게 할지는 앞으로 두고 보면 알게 되겠지. 어쨌든 다시 먼 길을 가야 할 테니 쉬어 두는 것이 좋겠군. 나 역시 처리해야 할 일이 많이 있으니 말이야."

"알겠소."

말을 마친 아론은 자리에서 일어났다. 그리고 그를 따라 체바로 역시 일어났고, 아론의 뒤를 따라나섰다. 그는 현재 임페리움 전력을 정보로만 들었고, 실제로는 파악하지 못하고 있는 상태였다.

그래서 이번 기회에 임페리움 용병대를 정확하게 파악할 절호의 기회였다. 그리고 이 기회를 통해 자신의 선택이 결코 틀리지 않았다는 것을 확인하고 싶었다. 결정을 내리긴 했지만 솔직히 아직도 믿을 수 없는 것은 사실이니까 말이다.

아론과 브라이언은 체바로가 어떤 목적을 가졌거나 말거나 별로 신경 쓰지 않는 듯 보였다. 오히려 웰링턴이 브라이언에게 물었다.

"우리를 막지 않는 것이오?"

"왜 막아야 하오?"

"그건······."

"그대들은 아직 우리를 믿지 못하는 구려."

"···솔직히."

"그래서 먼저 보여주는 것이오."

"······."

브라이언의 말에 웰링턴은 말없이 그를 바라봤다.

'이것은 자신감이다.'

자신감 없이는 절대 보여줄 수 없는 행동이었다. 그에 웰링턴은 약간은 어처구니없음과 약간은 부러움이 혼재된 얼굴이 되었다.

"이쪽으로 가면 용병대원들이 훈련하고 있는 곳이 나올 꺼요."

"정말 보여줘도 되는 것이오?"

"그 정도를 보여줬다고 해서 뭐가 달라지는 것도 아니오만."

"허나, 대원들의 훈련 방법은 어디에서나 비밀이기 십상이오."

"우리는 아니오. 어차피 한 배를 탄 입장이니 훈련을 같이 하거나, 아니면 오히려 우리 훈련을 그쪽에도 적용할 수 있으면 더 좋은 것이 아니오."

그때 두 사람의 대화에 누군가 기어들었다.

"이곳은 용병대에서 대원을 훈련시키고 있소?"

"그렇소만······."

"파격적이로군."

바로 체바로를 주군으로 섬기고 있는 구스타프였다. 그의 시각에서는 실로 신선한 모습이라 할 만했다. 물론, 용병대에서 대원을 훈련시키는 곳도 많다. 하지만 그것은 그저 기본적인 체력 훈련 정도였다.

용병들은 지극히 개인주의적이어서 웬만해서는 타인의 즉, 같은 대원이라 해도 훈련을 간여하지 않기 때문이었다. 그런데 용병들이 훈련을 하고 있는 곳에 도착해 보니 그런 기본적인 체력 훈련이 아니었다.

'이것은 체계적인 훈련이다.'

그랬다.

아주 체계적이었다.

기사들의 그것처럼 말이다.

기실 용병들이 훈련에 있어서 개인주의적일 수밖에 없는 이유는 바로 자신이 깨달음을 쉽게 전달해 줄 수 없기 때문이었다. 변칙적으로 이것저것 가져다 쓰는 것이 겨우인 용병이다. 그저 지나가면서 슬쩍 이야기해 줄 수는 있겠지만 정확하게 이건 이렇고, 저건 저렇다는 등의 상세한 지적이 어려울 수밖에 없었다.

그리고 목숨을 내놓고 사는 용병들이다 보니 자신만의 깨달음이나 투로는 또 하나의 목숨과도 같은 것이라 할 수 있었다. 그러하기에 함부로 남에게 가르쳐 줄 수 있는 것도 아니었고 말이다.

그 말은 언제 어디서 적으로 만날지 모를 이에게 자신의 목숨을 맡긴다는 말이니 어쩌면 당연한 일이라 할 수 있었다. 용병이란 용병대나 용병단에 속해 있다 하더라도 마음에 들지 않아 탈퇴해 버리면 그만이니까 말이다.

그리고 용병에게 충성을 바란다는 것 자체가 무리였으니 말해 무엇할까? 어쨌든 그런 관점에서 보자면 현재 임페리움 용병대는 실로 대단하고 파격적인 일을 하고 있었다. 본부 건물도 있었고, 어느 한 지역을 자신의 영역으로 두고 있기도 했다.

그러면서 용병들을 체계적으로 훈련을 시키고 있었다.

'더욱 놀라운 점은 저것은 분명 마나 호흡법이다.'

4백여 명의 용병들이 모두 한꺼번에 훈련을 하는 것은 아니었다. 조별로 나눠져 있었고, 훈련을 하는 조가 있는가 하면은 이상한 자세로 앉아서 명상을 하고 있는 조가 있었고, 또 어떤 조는 거의 수천은 능히 수용할 수 있을 것 같은 연무장 외곽을 정리하는 조도 있었다.

하지만 구스타프의 눈에 들어오는 것은 바로 이상한 자세로 앉아서 명상을 하고 있는 모습뿐이었다.

"저것은……."

"마나 호흡법이오."

어쩌다 보니 체바로 일행을 안내하게 되어버린 브라이언이 구스타프의 궁금증을 풀어 주었다.

"그게……."

"우리는 한 번 들어오면 절대 임페리움 용병대를 떠날 수 없소. 애초에 그런 서약서와 함께 받아들이니 말이오."

"반발이 심하지 않소?"

"싫으면 들어오지 않으면 그만이오. 그것으로 반발하고 말고는 의미가 없잖소."

"그야 그렇지만……."

"용병대나 용병단에 들어온 목적이 뭐요. 그 가장 첫 번째가 바로 소속감일 것이오. 하나에 소속되어 무언가를 이루고자 하는 강렬한 열망 말이오. 그런데 그런 결정을 하면서 남을 탓한다는 것은 무언가 이상하다고 생각하지 않소?"

"물론, 그렇소."

"아무리 용병이라 할지라도 성인인 이상 자신의 말에 책임을 져야 하는 거요. 마치 손바닥 뒤집듯이 약속을 뒤집는 용병은 우리에게는 필요 없소."

"……."

브라이언은 평소 자신의 신념을 말한 것이지만 그를 따라

나선 이들은 무언가 큰 깨달음을 얻은 것 같았다. 사람들은 용병들을 부랑아나 건달 정도로 취급한다. 전투에 있어서 가진 바 능력이 약하니 겨우 화살받이로 활용되고 말이다.

그리고 용병들은 그것을 너무나도 당연하게 여기고 있었다.

"용병이 그렇지 뭐······."

"도대체 용병에게 뭘 바라는 건데?"

이러한 남들의 시선이나 인식도 문제였지만 가장 큰 문제는 바로 용병 스스로가 용병에 대한 자각이 없다는 것이다. 그것을 해결하지 않고서는 용병의 미래는 없다고 봐도 무방했다. 그것은 모든 용병들이 알고 있었다.

하지만 그 문제를 표출할 수는 없었다. 그 이유는 그저 머릿속에 담아두기만 하고 있었을 뿐이었다. 머릿속에 있는 지식을 풀어낼 지혜가 있어야 하건만 지식도 지혜도 없었던 탓이다. 그리고 그런 똑똑한 용병은 귀족들에게는 필요치 않았다.

귀족들이 필요한 용병들은 그저 말 잘 듣는 개가 필요할 뿐이었으니까 말이다. 그래서 똑똑한 개는 그 누구도 모르게 죽음을 맞이할 수밖에 없었다. 자신을 위협하는 개는 필요 없으니까. 그런데 바로 이곳 플랑드르에서 버젓이 귀족들이 가장 싫어하는 용병들이 양성되고 있었다.

'이게 가능하단 말인가?'

체바로는 자신의 두 눈을 믿을 수 없었다. 불가능하다고 여겼다. 하지만 그 불가능이 지금 자신의 눈앞에서 버젓이 행해지고 있었다.

'이것이 든든한 뒷배가 있고 없고의 차이인가? 그렇다면 그동안 우리가 해왔던 것은 대체 뭐란 말인가?'

체바로는 비로소 자괴감이 찾아드는 것을 느낄 수 있었다.

"방법은 다양합니다. 꼭 지금의 방법이 맞다고 할 수는 없습니다. 우리는 우리대로, 체바로님은 체바로님만의 방법으로 힘을 키워왔던 것입니다. 그렇게 자격지심을 느끼실 필요는 없소. 그리고 우리는 이제 한 배를 타지 않았소"

브라이언은 재빠르게 체바로와 그를 따르는 세 명의 인물들의 얼굴에 떠오르는 자괴감을 읽고 그들의 심사를 달래주었다. 물론, 그가 아무리 좋은 말로 달랜다 할지라도 스스로 인지하지 못하면 아무런 소용이 없지만 말이다.

'한 배를 타는 입장이라……'

'이런. 이래서는 완벽하게 우리가 지고 들어가는 것이지 않는가?'

'이것은 새로운 시도다. 진정 용병들에게 필요한 것을 제안하고 있음이다.'

'위험하다.'

사인 사색의 생각이 그들의 뇌리를 헤집었다. 그런 그들의 모습을 보고 브라이언은 그들 모르게 회심의 미소를 떠올리고 있었다.

'이로서 완벽하게 꺾었다.'

그랬다.

권력 싸움과 세력 싸움을 미연에 방지하고자 하는 의도가 제대로 먹혀 들어간 상태였다. 물론, 이들이 아니더라도 새로 이곳으로 옮겨 오는 이들 역시 지금과 같은 과정을 겪게 될 것이다. 하지만 그들은 수뇌부가 아니다.

수뇌부를 따라서 움직인 손이나 발과 같은 존재들. 머리를 장악했으니 앞으로 그리 큰 무리는 없을 것이다.

'어쨌든 한숨 내려놓았군.'

그렇게 브라이언이 체바로 일행을 완전히 휘어잡을 시기에 아론은 제라르와 기네딘, 카스트로, 막시무스와 함께 하고 있었다.

"어느 정도의 성과가 있었나?"

모르고서 묻는 말이 아니었다.

제라르를 제외한 세 명은 그야말로 일취월장, 일신우일신이라는 말이 너무나도 잘 어울릴 정도로 빠르게 그 실력이 늘었다.

'이것이 바로 재능이라는 것인가?'

세 명은 재능을 가지고 있었다. 그리고 노력하면서 그 노력

속에 포함되어 있는 고통을 즐겼다. 어찌 보면 마조히스트같지만, 어쨌든 그래서인지 그들은 남들보다 늦게 시작했음에도 불구하고 벌써부터 두각을 드러내며 선두 그룹을 형성하고 있었던 것이다.

아론이 그런 이들이 불러 모은 것은 미래를 위해 조금 더 뛰어나고 믿을 만한 이들이 필요했기 때문이었다.

"그런데 왜 불렀수?"

제라르가 아론의 호출의 의미를 알고 있음에도 불구하고 물어왔다.

"더 강해지고 싶지 않나?"

"물론이우."

"너희들을 더 강하게 담금질하기 위해서 불렀다."

"역시……."

자신의 짐작이 맞았다는 듯이 손뼉을 치며 좋아라 하는 제라르. 나머지 세 명도 다르지 않았지만 제라르만큼 드러내어 감정을 표현하지는 않았다. 아직은 감성을 내비치는데 서툴렀기도 하지만 제라르만큼 아론이 가깝게 느껴지지도 않았기 때문이었다.

제라르는 아론과 형님, 동생 하는 사이라 할지라도 자신들에게 있어서 아론은 스승과 같은 존재요 한 용병대를 이끌어 가는 대장이었기 때문이었다.

"하지만 각오해야 할 것이다."

"각오라면 언제든지……."

아론의 말에 결의를 다지는 기네딘.

"그 정도의 기개라면 괜찮군. 앞으로 일주일이다. 일주일 동안 쉬는 시간은 없다. 오로지 나를 향해 공격해라. 나의 옷자락 하나라 건드리면 너희들의 승리다."

"좋소."

간단하게 허락하는 네 명의 용병들. 하지만 제라르의 얼굴은 그 순간 일그러질 대로 일그러졌다.

'저 양반 무슨 말도 안 되는 망발을. 그럴 거였으면 진즉에 건드렸지. 뭐 그래도 어쩌면 또 다른 벽에 대한 실마리를 얻게 될 수도…….'

어쨌든 제라르 역시 눈빛을 빛내며 아론을 바라봤다.

그리고 그들의 일주일간의 무한 대전이 시작되었다.

CHAPTER 4

용병대의 성장 I

아론은 임페리움 용병대를 끊임없이 단련시켰다. 그런 임페리움 용병대의 훈련을 일주일 동안 지켜보던 체바로는 마침내 자신이 볼 수 있는 것은 다 봤다는 듯이 플랑드르를 떠나 우든 마을로 향했다.

"갔군요."

"그래. 갔네."

"이제 어쩌실 작정입니까?"

"어쩌긴 용병들이 해야 할 일이 따로 있던가?"

"의뢰를 받으실 작정이십니까?"

"그래야겠지."

"마침 들어온 몇 개의 의뢰가 있습니다."

"어디서 들어왔는데?"

"총독으로부터 온 의뢰와 함께 그의 인맥으로 통해 들어온 의뢰입니다."

"총독을 잘 둔 덕분이군."

"아무래도 플람베르 가문에서 받은 의뢰가 있으니 당연한 것이 아니겠습니까?"

"그렇겠지. 그건 그렇고 이제 올 때가 된 것 같은데……."

아론은 말을 흐리면서 멀리 용병대 본부 밖을 바라봤다. 그에 브라이언 역시 용병대 본부의 정문을 바라보다 입을 열었다.

"이런 대낮에 움직이는 것은 조금 어리석지 않을까 합니다."

"하긴 그도 그렇군. 그렇다면……."

"이미 그들의 신분과 이름 그리고 마법 면구를 만들어 둔 지 오래입니다."

"상당한 출혈이로군."

"어쩔 수 없는 출혈입니다. 어쨌든 그들이 합류한다면 용병대에서 단으로 올라갈 수 있는 기회이니까요."

그들의 대화의 주가 되는 것은 역시 카툼과 그를 따르는 3천에 가까운 회색 오크 부족이었다. 3천이 합류하면 인간보다 오히려 오크 족이 더 많은 비중을 차지하게 되겠지만 어느 정도까지는 그들의 정체를 숨길 필요가 있었다.

아직까지 인간들 사이에서는 오크는 몬스터이지 유사 인류가 아니기 때문이었다. 어쨌든 맹훈련을 하는 와중에 아론은 차근차근 그들을 맞이할 준비를 하고 있었다. 그렇게 하루가 지나가고 어둠이 밀려와 세상이 적막으로 가득해질 즈음.

임페리움 용병대 본부 정문으로 일단의 병력이 들이닥쳤다. 그 수는 무려 3천. 그들이 한꺼번에 움직였으나 일체의 잡음도 들려오지 않았다. 그럴 수밖에 없는 것이 임페리움 용병대 본부는 스톰시티의 한가운데 자리 잡고 있었다.

과거 자경대가 사용하던 건물과 연무장을 개조해서 사용하고 있으니 당연히 그럴 수밖에 없었다. 때문에 벌건 대낮에 움직일 수는 없었고, 대신 모두가 잠든 시기를 틈 타 아무런 소리도 없이 용병대로 진입할 수밖에 없었다.

산에서 나고 자랐던 오크들이었던지라 그것이 가능할 수 있었다. 그들을 전투 종족이라 하는 이유는 바로 이런 것에 있었다. 모든 것이 전투에 초점이 맞춰졌으니 어쩌면 당연한 것일지도 몰랐다.

아론이 여섯 명, 아니 세 명이 더 늘어난 아홉 명의 기라성 같은 용병을 이끌고 그들을 맞이할 때 카툼 역시 여섯 명의 대표격인 오크들을 대동한 채 아론에게 다가왔다.

"왔다."

그에 아론은 슬쩍 그의 뒤에 시립해 있는 여섯 명의 오크들을 바라봤다. 익히 알고 있는 오크들이었다.

"조직 인선까지 마친 건가?"

"그렇다. 부대장으로는 블랙해머가, 1전대장은 나르골이, 2전대장은 모부투가, 3전대장은 카리크가, 4전대장은 우타치가, 5전대장은 모툼바가 맡게 될 것이다."

"그런가? 문제가 되지 않는다면 내가 다시 그 직책을 정해주고 싶은데……."

"상관없다. 임시적으로 오크 족의 체계로 나눈 것이다."

"그렇다면 전대장을 중대장으로 바꿨으면 하는군. 아무래도 현재 임페리움 용병대는 소대, 중대, 대대의 체계로 되어 있으니 말이다."

"무슨 말인지 모르겠지만 그대의 말을 따르겠다."

"그리고 일단 숙소에서 쉬도록 해. 당신을 따른 간부들은 나를 따르고."

"알겠다."

카툼이 아론의 말을 전하고 난 후 오크들은 용병들의 안내를 받아 신축되거나 개조된 막사로 안내되었다. 살짝 시끄러운 소리가 나기는 했지만 누구 하나 밖을 내다보는 이들은 없었다. 가끔 임페리움 용병대는 야간에 훈련이라는 목적 하에 움직이기도 했으니까 말이다.

오크들이 모두 숙소에 들고 아론은 카툼과 그 일행을 이끌고 회의실로 들었다. 모두 자리에 착석한 후 먼저 아론이 입을 열었다.

"일단 용병대의 체계부터 알려주지."

"듣도록 하지."

그에 브라이언이 자리에서 일어나 언제 만들었는지 얇은 천으로 만든 차트를 펼쳐 보이며 카툼과 그를 따르는 여섯 명의 오크들에게 설명을 하기 시작했다.

"임페리움 용병대의 작전을 맡고 있는 브라이언입니다. 거두절미하고 체계부터 간략하게 설명하면 임페리움 용병대의 가장 작은 전투 단위는 분대입니다. 분대는 열 명으로 이뤄져 있고, 그다음은 소대입니다."

그렇게 시작해서, 분대, 소대, 중대, 대대, 연대, 사단, 군단까지 차근차근 설명해 나가고 있었다. 어떻게 보면 십인대니 백인대니 하는 기존의 체계보다 조금은 복잡해질 수 있는 일이었지만 어쨌든 회색 오크 족의 다섯 명의 중대장과 부대장은 무리 없이 체계를 받아들였다.

그렇게 브라이언의 체계에 대한 설명이 끝나고 다시 아론이 입을 열었다.

"그리고 두 번째는 아직 오크는 인간과 같은 선상에서 보지 않는 시선에 있다."

"그건……."

"그래. 아직까지는 인간에게 오크는 몬스터일 뿐이지."

"그러면?"

"일단 이름을 바꿔야겠지."

아론의 말에 살짝 눈살을 찌푸렸지만 그 정도는 이미 짐작하고 있는 사실. 그리 큰 동요는 없었다. 그에 아론은 고개를 끄덕이며 당장에 이름을 정하기 시작했다.

"카툼은 그레이, 블랙해머는 그대로 사용해도 되겠고, 나르골은 얼굴에 칼자국이 있으니 스카르라 하고, 모부투는 눈동자가 검으니 블랙아이라 하고, 카리크는 유난히 송곳니가 크니 케이나인이라 정하고, 우타치는 다른 오크들보다 머리가 크니 빅헤드, 모툼바는 거친 수염이 나 있으니 구티라 칭했으면 하는군."

"그렇군. 신체 특징으로 이름을 정한다면 혼란스럽지 않겠군."

"어떤가? 다들 동의하나?"

"물론이다."

의외로 회색 오크 족을 이끄는 간부들은 시원시원하게 인정했다.

"그리고……."

한 고개를 넘은 아론이 다시 말을 흐리면서 브라이언에게 고개를 끄덕였고, 브라이언은 곧바로 무언가를 꺼내 오크 간부 각자의 앞에 내려놓았다 그에 카툼은 이미 그것이 무엇인지 알고는 고개를 끄덕였다.

"이것도 괜찮군."

카툼의 말에 다른 오크들이 그를 바라봤고, 그는 망설임 없이 브라이언이 나눠준 마법 면구를 얼굴에 뒤집어썼다. 그에 그들의 앞에는 회색의 강하고 단단해 보이는 인간 한 명이 앉아 있었다.

카툼의 시범에 여섯 명의 오크들 역시 즉시 마법 면구를 뒤집어썼고, 오크는 단 한 명도 존재하지 않게 되었다. 그러고는 만족한 웃음을 지었다. 착용감이 그리 나쁘지 않았기 때문이었다. 아니 마치 자신의 피부인 것처럼 딱 달라붙어 전혀 이상하지 않았다.

"저번보다 착용감이 훨씬 더 훌륭하군."

"꽤 비싸게 주고 산 거니까."

"그런가? 고맙군."

"그리고 마지막으로 호칭에 관한 문제다."

"……"

아론의 말에 말없이 고개를 끄덕이는 카툼, 아니 그레이였다. 지금부터는 오크의 이름이 아닌 인간의 이름을 사용해야만 했고, 그에 익숙해져야만 했으니까 말이다. 그때 브라이언보다 먼저 나선 것은 얀센이었다.

"그레이. 넌 나와 친구다. 맞나?"

"맞다."

"그래. 그럼 이해하기 쉽겠군. 나는 아론을 형님이라고 부른다."

"형님?"

"그래."

"형님이란 같은 부모에게서 태어난 사이이거나 일가친척 가운데 항렬이 같은 남자들 사이에서 손윗사람을 이르거나 부르는 말이기도 하지만 남남끼리의 사이에서 나이가 적은 남자가 나이가 많은 남자를 이르거나 부르는 말이다."

"그것은 좀 이상적이지 못하군."

"물론, 무력이나 능력 또는 인품에 있어서도 나보다 위에 둘만한 사람이기 때문에 그를 형님이라고 부른다."

"그런가? 그렇다면 나 역시 그를 형님이라 부르겠다."

"그리고 그것은 사적인 자리에서 부르는 호칭이고, 형님은 임패리움 용병대를 대표하는 사람이기에 공적인 자리에서는 그를 대장님이라고 칭해야 한다."

"어렵군."

그때 누군가 얀센의 말에 토를 달았다. 하지만 얀센은 그 말을 가볍게 무시하고 말을 이었다.

"익숙해져야 한다. 이제부터 너희들은 오크가 아니라 인간 이기 때문이다."

"우리는 인간이 아니다."

"그래. 맞다. 너희들은 인간이 아니지. 하지만 인간들의 사 회에 살아가기 위해서는 인간이 되어야만 한다. 언젠가는 오 크를 인간과 동등한 몬스터가 아닌 유사 인류로 대하게 될 때 까지는 말이다."

"……"

얀센의 말에 대답은 없었다. 하지만 그들의 얼굴은 분명 복 잡하고 고민스러운 얼굴이었다. 자신들은 자랑스럽고 긍지 높 은 오크라고 생각했다. 하지만 인간들 사회에서는 그저 몬스 터에 지나지 않을 뿐이었다.

"엘프나 드워프, 혹은 수인족 역시 유사 인류로 대우받기 전 과거 너희들과 똑같은 길을 걸었다. 하지만 그들은 이제 당 당하게 유사 인류로 대우받고 자신들만의 영역을 가지게 되었 다. 물론, 그에 대한 반대급부 역시 존재하지만 말이다."

"인간이란 참으로 편협한 자들이로군."

"맞다. 인간이란 종족은 그렇다. 객관적이지 않고 주관적이 며, 언제나 탐욕에 젖어 있다. 하지만 이것 또한 알아둬야 한 다. 탐욕이 있기에 인간은 타 종족보다 더 우세하고 중간계를 지배하게 되었다는 것을 말이다."

얀센의 말에 오크들은 고개를 끄덕였다. 실제 인간 본연의
신체 능력을 놓고 보면, 타 종족과 비교조차 할 수 없이 나약
했다. 하지만 인간은 그런 타 종족보다 많은 개체수와 함께 문
명을 이루고 중간계를 주름잡고 있었다.

"알겠다. 그것은 내가 부하들에게 주지시키도록 하지."

얀센의 말에 그레이가 그렇게 답을 했다. 그레이의 말을 들
은 얀센이 자리에 앉았고, 다시 아론이 입을 열었다.

"명심해야 할 것은 너희들은 오크가 아니라 인간이라는 것
이다. 그리고 한 부족의 부족원들이 아닌 임페리움 용병대의
용병대원이라는 것이다. 언젠가 너희들이 부족의 이름을 다시
되찾고, 오크가 유사 인류로 인정받게 될 때가지는 오크의 이
름과 얼굴을 버려야 한다는 것이다."

"인정한다. 그때까지는 우리는 인간이고, 임페리움 용병대
의 대원이다."

"그리고 당분간 임무에 파견되기 이전에 인간들의 예법을
배우게 될 것이다."

"필요한 것이라면 당연히 배우겠다."

"또한, 실력 증진을 위해 기존의 대원들과 훈련을 받아야
할 것이다."

"내가 진정으로 바라던 것이다."

"좋다. 임페리움 용병대원이 된 것을 환영한다."

"다 끝난 것인가?"

"아니 이제 시작인 게지."

"알겠다. 이제 조금 쉬고 싶군."

"내일까지 푹 쉬어라. 이틀 뒤부터 괴로운 시간이 될 것이다."

"알겠다."

그렇게 오크 족의 전사들이 물러났다.

"후우~"

"내가 머리털 나고 오크 족과 한솥밥을 먹을 줄은 몰랐수."

제라르가 머리를 절레절레 흔들며 입을 열었다. 그 누가 알았겠는가? 오크 족과 같은 용병대 생활을 하게 될 것을 말이다.

유사 인류가 많이 있다고는 하지만 중요한 것은 그런 유사 인류조차도 쉽게 찾아보기 힘들다는 것이었다.

유사 인류는 기본적으로 인간과 교류는 하지만 인간의 것을 그대로 받아들이기보다는 자신만의 삶을 영위하고 자신들만의 문화를 지켜내려 하고 있었다. 그리고 인간들보다 강한만큼 그 개체수가 적었다.

어쩌면 인간은 다른 종족들보다 신체적으로 약하기 때문에 더 많은 종족 수를 가지는 것일지도 몰랐다.

"어쨌든 이제부터 시작이로군."

"그렇지요."

아론의 말에 다들 의미심장한 웃음을 떠올렸다.

*　　　*　　　*

"정말 이러실 겁니까?"

"뭐가 말인가?"

한 명의 험악하게 생긴 용병과 매부리코에 깐깐해 보이는 상인처럼 보이는 자는 조금 날 선 대화를 이어가고 있었다.

"아니 갑자기 왜 용병대를 바꾼 겁니까?"

"낸들 알겠나? 위에서 그렇게 명령이 하달되었으니 그렇게 한 게지."

"그래도 그렇지 이건 경우가 아니잖습니까? 그동안 우리가 온갖 더러운 일을 해결해 줬지 않습니까? 그 덕분에 골드 상단이 브룩클린에서 손꼽히는 상단이 되었고 말입니다. 그런데 이제 와서 호위 용병대를 바꾼다니……."

용병의 말에 동감하면서도 자신에게 따지고 드는 것이 마음에 안 든다는 듯한 표정을 해 보이던 상인은 이내 얇은 입술을 기묘하게 일그러뜨리며 입을 열었다.

"자자. 진정. 진정하게. 내가 자네의 노고를 모르는 것이 아니지 않는가?"

"모르지 않는다면 이래서는 안 되는 법이오."

"나야 물론 그러고 싶지. 사실 내가 골든 상단에서 수위에 차지하는 위치에 있다고는 하지만 상단주의 명령을 거역할 수는 없지 않겠나?"

"그야 그렇소만 이건 경우가 아니지 않소."

"알지 알아. 그러니 진정하게."

"후우~"

상인의 달램에 험상궂은 용병은 긴 한숨을 내쉬었다. 그런 용병을 보다 다시 상인이 얇은 입술을 움직였다.

"내가 듣기로는 이번에 자네 용병대의 일을 빼앗은 용병대가 바로 임페리움이라는 신생 용병대라고 알고 있네."

"임페리움?"

"그렇다네."

"들어본 적 없는데……."

"그런가? 그래서 내가 신생 용병대라고 하지 않았나?"

"우든 마을에 속해 있소?"

"아니. 아니. 어느 마을에도 속해 있지 않더군. 알아본 바로는 그 기반이 플랑드르에 있다고 하더군."

"플랑드르? 플랑드르라면……."

"플람베르 가문의 영역이지."

"하필⋯⋯."

그에 인상을 찌푸리는 용병이었다. 플람베르 가문의 영역에 있는 용병이라면 플람베르 가문에서 키우는 용병대일 가능성이 있었다. 가병과 별로 다르지 않은 용병대. 어떻게 보면 용병대라고 보기도 어려운 그런 존재들.

"내 알아보니 자네가 생각하는 것과 달리 가문에 속해 있지 않다고 하더군?"

"흠? 그렇단 말이지요?"

"그렇다네."

상인의 말에 턱을 쓰다듬던 용병은 품속에서 가죽 주머니를 꺼내 상인의 앞으로 밀어 넣었다.

그에 슬쩍 입술을 비튼 상인은 해골만 남은 것 같은 손으로 가죽 주머니를 빠르게 쓸어 자신의 소매 속으로 집어넣었다.

"언제 출발하우."

"이틀 뒤네."

"어디로 가는 거요."

"칼라후 산을 넘어 업타운으로 간다는군."

"고맙소."

그 말을 남긴 후 험상궂은 용병이 사무실을 나갔다. 그에 얇은 입술로 히죽 웃어 보이며 용병이 나간 문을 바라보는 상인. 그는 문득 자신이 소매 속에 집어넣었던 가죽 주머니를 꺼내 그 안을 들여다보았다.

그러고는 환한 웃음을 지어보였다. 생각보다 짭짤했기 때문이었다. 그런데 그때 사무실의 문이 다시 조심스럽게 열렸다. 그에 가죽 주머니 안의 내용물을 확인하고 있던 상인은 무심하게 입을 열었다.

"지금은 바쁘니 나중에 들어와."

하지만 그런 상인의 말에도 문을 닫고 나가는 소리가 들려오지 않았다. 그에 상인은 짜증 난다는 듯이 버럭 소리를 지르며 벌떡 일어났다.

"지금 당장……."

그는 그렇게 선 채 말을 다 잇지 못했다. 그의 동공은 확대되어 있었고, 안색은 새하얗게 변해 있었다.

"다, 단주… 님?"

"그래."

"어. 어떻게……."

"볼일이 있어서 들렀네. 그런데 말이지……."

"헙!"

단주라고 불리는 카랑카랑한 노인이 탁자 위에 놓인 꽤나 묵직해 보이는 가죽 주머니를 흘깃 바라봤다. 그에 상인은 놀라 손을 부들부들 떨 수밖에 없었다.

"평소 자네에 대한 평가가 좋지 않아 내사를 진행하고 있었네."

"그, 그런……."

"방금 나간 용병은 나도 익히 아는 용병이더군."

"그, 그게……."

"내 분명히 전했던 것 같은데. 그들로부터 뇌물을 받지 말라고 말이야. 그리고 그들과 일체의 거래도 하지 말라고 말이야."

"그, 그게… 단주님. 그, 그게……."

"실망이로군."

"아, 아닙니다. 단주님. 그게 아니고……."

"아니긴 뭐가 아니란 말인가?"

그러면서 까랑까랑한 노인은 어느 한 지점으로 가서 무언가를 꺼내 들어 상인의 눈앞에 들어 보이며 입을 열었다.

"이게 뭔지 아나?"

"그, 그건……."

"바벨의 탑에 특별히 구한 영상 녹화 크리스탈이네."

"그……."

"이 영상 녹화 크리스탈에는 지난 세 달 간의 자네의 행적이 그대로 녹화되어 있지. 이래도 발뺌을 할 셈인가?"

"다, 단주님."

그러면서 털썩 주저앉으며 무릎을 꿇는 상인.

"자네, 준비를 해야 할 것이네. 그동안 착복한 모든 것과 함께 자네의 횡포에 당한 수많은 이들의 원성을 받아들일 준비 말이네."

그러면서 까랑까랑한 노인은 그대로 사무실 밖으로 걸음을 옮겼다.

끼이이익! 탁!

경첩이 비명을 지르며 닫혔다. 매부리코의 상인은 얼이 빠진 상태 그대로 주저앉아 있을 뿐이었다.

*   *   *

"저놈들인가?"

"그렇다고 하우만."

"흐음……."

예의 험상궂은 용병은 턱수염을 매만지며 멀리 지나가고 있는 상행을 바라보면서 인상을 찌푸렸다.

험상궂은 용병.

그는 바로 골든 상단의 매부리코 상인과 대화를 주고받던 용병이었다. 그러한 그가 어느새 칼라후 산의 어느 한 지점에 도착해 높은 곳에서 지나가는 상행을 지켜보고 있었다.

"만만찮아 보이기는 한데……."

"허참. 대장이 망설일 때도 다 있수?"

"이 새끼가. 망설이긴 뭘 망설여?"

"그럼 뭘 그리 고민하는 거유? 저 새끼들 비리비리한 게 한 주먹거리도 아닌 것 같구만."

"그렇긴 한데 뭔가 꺼림칙하군."

"뭐가 말이우? 도대체 오늘 따라 왜 그러는 거유? 평소처럼 들이쳐서 다 죽이고 빼앗으면 되는 것을 말이우."

"그야 뭐……."

확실히 평소대로 하면 될 것이었다. 그런데 오늘따라 그놈의 감이라는 것이 자꾸 경종을 울리고 있었다. 마치 저놈들을 치면 마지막이 될 것 같은 그런 느낌이었다. 그래서 섣불리 움직이지 못하고 있는 것이었다.

하지만 감은 감이고, 이대로 멍청하게 가만히 있을 수는 없었다. 어차피 빼든 칼이니 성공하든 실패하든 거사는 치러야만 했다.

"씨발. 어떻게 되겠지."

그제야 그의 뒤에서 준비를 하고 있던 용병들이 히죽 웃었다. 마치 이래야 우리들의 대장이지 하는 것 같은 그런 느낌으로 말이다.

"준비해."

"알았수."

멀리서 자신을 바라보고 있는지 없는지 알 수 없는 상행은 열심히 칼라후 산을 넘어가고 있었다.

"여기서부터는 조심해야 되오."

상행을 이끌고 있는 단주가 조심스러운 얼굴로 입을 열었다.

"흐음. 이곳부터 산적들의 영역입니까?"

"그렇소."

골든 상단의 브룩클린의 행수인 클라인은 퉁명스럽게 입을 열었다. 그것도 그럴 것이 평소에 자신의 상행을 호위하던 울프 용병대가 아닌 어디서 듣도 보도 못한 용병대가 그것도 전혀 일면식도 없는 용병대와 함께 칼라후 산을 넘어야 하니 당연한 일이었다.

이곳 칼라후 산의 도적들은 평소 안면이 있는 자들로서 울프 용병대라면 가볍게 몇 마디 하고 가죽 주머니 던져 주면 끝이라 할 수 있었다. 그런데 이번처럼 갑작스럽게 용병대가 바뀌면 산적들에게 알려줄 시간도 없을뿐더러 융통성을 발휘하기가 힘들 수밖에 없었기 때문이었다.

그렇다고 대놓고 싫은 표정을 지을 수는 없었다.

'왜냐하면 강해보이거든.'

일반적인 용병들처럼 얼굴에 상처가 있는 것도 아니고, 거친 말을 사용하는 것도 아니었다. 그럼에도 불구하고 클라인은 스스로를 임페리움 용병대의 중대장이라고 소개하는 이를 함부로 대할 수 없었다.

정중함 속에서 감히 범접하기 힘든 어떤 것이 느껴졌기 때문이었다. 이럴 때는 오랜 상단 생활을 해온 그로서는 절대 상대를 무시할 수 없고, 신중해야 한다는 것을 본능적으로 깨닫고 있었다.

"그런데……."

"뭐 묻고 싶은 것이라도 있소?"

"산적들의 수가 꽤 많소만."

"원래 이 칼라후 산에는 몇 개의 산적단이 있는데 그중 여기 클리프 봉우리 일대의 산적들이 가장 강하고 잔인하다오."

"허어~ 그런데 그들을 토벌하지 않은 거요?"

용병 중대장의 물음에 클라인은 모르는 소리 하지 말라는 듯이 손사래를 치며 입을 열었다.

"웬걸? 브룩클린의 성주가 수도 없이 토벌하려 했지. 하지만 여기 산적들은 날 때부터 이곳에서 자란 놈들이라 클리프 봉우리 일대는 손바닥 보듯이 알고 있거든? 그래서 결국은 토벌에 실패할 수밖에."

"흐음."

임페리움 용병대의 중대장이라는 자는 턱을 쓰다듬었다.

클라인 행수의 말을 듣고 대충 상황을 파악한 것이었다. 아마도 클리프 봉우리, 아니 칼라후 산의 대부분의 산적들은 브룩클린 지역의 대부분의 상인이나 경비 또는 귀족들과 알게 모르게 연결이 되어 있을 것이다.

그리고 상인들은 그들에게 적당한 양의 금전이나 혹은 물자를 주고 무사히 상행을 완료하고 있을 것이고 말이다.

'악순환의 연속이겠지.'

그럴 수밖에 없었다.

이 시대의 산적들이란 바로 그런 것이니까. 먹고 살기 힘들어서, 귀족들이나 성주들의 세금을 낼 수 없어서, 혹은 부당한 대우에 일을 저지르고 도피한 이들이 대부분일 터이나 말이다. 그래서 지역 주민들과도 잘 알고 있는 사이일 것이고 말이다.

"그건 그렇고 전 용병대 역시 이곳 출신이오?"

"그건 아니오……."

"그렇소? 내가 알기로 꽤 오랫동안 이곳을 근거지로 활동한 용병대로 알고 있었는데 말이오."

"뭐 내가 듣기로 토툰 마으르이 용병대라고 합디다."

"토툰 마을 말이오?"

"그렇소. 아는 곳이오?"

"아주 잘. 한 가지 더 묻겠소만……."

"내가 아는 것이라면······."

클라인 행수는 이들이 마음에 들지는 않았지만 상단 본부에서 직접 고용한 이상 앞으로 이들과 꽤 오랫동안 거래를 해야 할 것이고, 더군다나 전혀 약해보이지 않으니 이 기회에 이들과 조금은 친분을 맺어 두는 것도 나쁘지 않을 것 같았기에 선선히 답을 했다.

"혹시 그들이 온 이후로 실종되거나 혹은 의문의 사건이 일어나지 않았소?"

"실종이나 의문의 사건 말이오?"

"그렇소."

중대장의 물음에 잠시 곰곰이 생각을 하던 클라인 행수. 그러다 문득 고개를 갸웃하며 확실치는 않다는 듯이 입을 열었다.

"확실히 그런 경우는 몇 번 있었소. 알려지기로는 몬스터의 공격으로 부락 몇 개가 불타 사라졌고, 그곳에 살던 주민들이 모두 죽었다고 하는 일이 있었소. 그리고 가끔 몇 개의 마을에서 처녀들이 실종되었다는 말도 있었고 말이오."

"그렇소?"

"대부분은 그저 몬스터들의 공격 혹은 동네 건달들과 눈이 맞은 년들이 야반도주를 했다는 것으로 결론이 나기는 했지만······."

"했지만?"

클라인 행수의 말에 추임새를 넣는 중대장. 확실히 무언가 더 있을 것 같은 느낌이었다. 그에 클라인 행수은 슬쩍 중대장을 본 후 하던 말을 마저 했다.

"조금은 석연치 않은 곳이 많아서 말이오."

"무엇이 말이오."

"몬스터라고 하기에는 너무 깔끔했소. 몬스터가 사람을 데리고 가서 노예처럼 부린다는 말은 듣질 못했으니 마을을 공격하면 사람을 다 잡아먹게 마련이라오. 그리고 브룩클린의 자경대가 그리 약한 것도 아니고 말이오."

"그런데?"

"파손된 집만 있을 뿐, 가축이나 사람은 하나도 없다는 것이오. 심지어는 사람들이 흘렸어야 할 피조차 보이지 않고 말이오. 그리고 동네 건달들과 눈이 맞아 도망갔다던 처자들 역시 솔직히 상단의 정보력이면 충분히 파악할 수 있을 터인데도 전혀 흔적도 찾을 수 없었으니 말이오."

"그렇구려."

"그런데 그것은 왜 묻소?"

살짝 의심이 들어 되물어 보는 클라인 행수. 하지만 클라인 행수는 질문에 대한 답을 바로 들을 수 없었다.

쉬이이익!

날카로운 소리와 함께 무언가가 맹렬하게 날아와 클라인 행수의 발치 아래 그대로 꽂혔기 때문이었다. 그리고 들려오는 우렁찬 함성.

"우와아아아~"

"우하하하. 이놈들! 가진 것을 모두 내놓아라!"

클리프 봉우리 일대를 영역으로 삼고 있는 산적들이었다. 처음에는 조금 과격하게 나오는 산적들을 보고 클라인 행수가 살짝 움찔해 보이더니 이내 입에 간사스러운 미소를 떠올리면서 입을 열었다.

"어허허. 날세, 나야. 날 모르겠나?"

"알지. 아주 잘 알지."

"알면서 그러나."

"당신은 잘 아는데 말이야……."

그러면서 행수의 어깨 너머로 중대장을 깨꼬롬한 표정을 바라보는 산적 두목.

"아하하하. 인사하게나. 이번에 새로 우리 상단의 일을 맡게 된 임페리움 용병대의 1중대장 마이크라고 하네."

행수의 소개에 슬쩍 입꼬리를 말아 올리는 산적 두목.

"그래. 그렇군. 그런데 전에 있던 보크는 어디 갔나?"

"글쎄. 난 잘 모르겠네. 상부에서 갑작스럽게 호위 용병대를 바꿔서 말이야."

"그래? 그렇겠지. 그럼 나에게 인사를 시켜야 하지 않겠나?"

"방금 소개했지 않나?"

"소개? 소개만으로 끝내기는 어렵지. 안 그런가? 전 호위 용병대인 보크와의 관계도 있는 데 말이야."

"도대체 무슨 말인가?"

"잘 알잖나? 보크 덕분에 이 지름길을 골든 상단에서 이용할 수 있다는 것을 말이야."

"그, 그렇다면⋯⋯."

"가진 것을 모두 내놓거나 아니면 죽어서 돌아가는 것이겠지."

그에 산적 두목은 히죽 웃으며 당연하다는 듯이 입을 열었다. 그에 행수는 말을 더듬거리며 얼굴이 핼쑥해졌다.

"그, 그래도 그동안의 정이 있지."

"정은 무슨 얼어 죽을 정. 나 산적이야. 산적이 괜히 산적이겠어?"

"그⋯⋯."

턱!

그때 중대장의 손이 행수의 어깨에 올려졌다. 그에 잘게 떨던 행수의 몸이 어느새 안정을 되찾았고, 고개를 끄덕인 후 뒤로 물러났다.

"네놈이냐?"

그제야 산적 두목은 마이크를 보며 가소롭다는 듯이 입을 열었다.

"그래. 그런데 말이지……."

"죽을 준비는 다 됐고?"

"그건 내가 할 말을 같은데?"

"하! 이것 참. 어디서 듣도 보도 못한 용병대가 나와서는 별 같지 않은 놈이……."

"뭐, 어쨌든 숨어 있는 놈들도 나오라고 그러지?"

"뭐?"

"귓구멍이 막혔나? 숨어 있는 놈들 나오라고 해."

그에 산적 두목은 살짝 눈살을 찌푸리더니 이내 들고 있던 배틀엑스의 날을 혀로 핥으면서 입을 열었다.

"이거 결코 간단하지 않다 이거지?"

"미친 새끼. 쇠가 맛있냐? 그러다 녹슨다."

마이크는 이전과는 달리 거친 말을 내뱉었다. 그에 행수는 빤히 마이크 중대장을 바라봤다. 지금까지 자신을 대했던 것과는 천양지차의 모습이었기 때문이었다.

그래서 조금은 생경하다는 듯이 그를 바라볼 수밖에 없었다.

어쨌든 마이크는 그런 행수를 철저히 무시하고 산적들에게 집중했다. 마이크의 말에 한참이나 마이크를 쏘아보던 산적 두목은 어쩔 수 없다는 듯이 어깨를 으쓱해 보이며 입을 열었다.

"뭐 일찍 죽는 게 소원이라면 어쩔 수 없지."

그러면서 다시 안정을 되찾은 행수를 보며 외쳤다.

"어이. 클라인. 나도 어쩔 수 없다고. 이 싸가지 없는 용병 놈이 숨어 있는 놈들을 나오라고 하지 않았다면 살 수도 있었을 텐데 이제는 조금 늦었네."

그의 말이 끝나기 무섭게 또 다른 무리들이 모습을 드러냈다.

"허어! 네, 네놈들은?"

클라인 행수는 익히 아는 듯한 모습을 하며 외쳤다.

"이거 미안하게 됐어."

예의 골든 상단의 중간 행수와 대화를 나누던 용병대장이 모습을 드러냈다. 그렇지 않아도 수적으로 수백에 이름에도 불구하고 수가 더 불어나 이제는 5백 이상이 되어버렸다. 그에 클라인 행수의 얼굴은 새하얗게 변해 백지장처럼 되어버렸다.

"다, 당신이 어떻게……."

"뭐 그러게 계속 우리와 좋은 관계를 유지했으면 좋았을 것을 말이야. 그랬으면 이런 불편한 만남을 가지지 않아도 되었을 텐데 말이지."

"결국 그렇군."

그때 마이크가 담담하게 입을 열었다. 5백이 넘어가는 수가 자신들 둘러싸고 있음에도 불구하고 그는 전혀 긴장하지 않은 모습이었다. 그에 산적 두목과 울프 용병대 대장은 고개를 갸웃했다.

상단을 호위하는 용병은 고작해야 1백 명을 살짝 넘는 정도였다. 그리고 저들은 상단을 호위하면서 싸워야만 했다. 그럼에도 불구하고 전혀 긴장하거나 무서워하는 표정을 보여주지 않고 있었다.

그래서 살짝 고민이 되었다.

'저게 무슨 배짱이냐?'

눈으로 물어보는 울프 용병대의 대장. 그에 산적 두목 역시 모르겠다는 듯이 어깨를 으쓱해 보였다. 그때 마이크의 입에서 나직하게 흘러나오는 목소리가 있었다.

"본부 소대는 후방을 호위한다. 1소대는 전방, 2소대는 좌방, 3소대는 우방을 방어한다. 그리고 행수는 마차를 중앙으로 모으고 마차 밑으로 모두 들어가시오."

"아, 알겠소. 헌데……."

"걱정할 필요 없소. 수가 천 명이든 2천 명이든 걱정할 필요 없소."

마이크는 그렇게 말을 했지만 여전히 클라인 행수는 걱정스러운 표정을 지우지 못했다. 하지만 지금 믿어야 할 것은 산적 두목과 전 호위 용병대가 아니라 임페리움 용병대라는 것을 알고 있었다.

"아, 알겠소. 자, 잘 부탁드리리다."

"끝날 때까지 마차 밑에 있으시오. 혹시라도 눈먼 화살에 맞아 다칠 수도 있으니 말이오."

"아, 알겠소."

그러고는 그가 할 수 있는 일을 했다. 마차를 둥글게 모았고, 그 안 혹은 밑으로 일꾼들을 들여보낸 후 그래도 상행을 이끄는 행수라서인지 마차 밑에 들어가지는 않고, 둥근 마차나 짐마차 중심에 서서 상황을 지켜보는 클라인 행수였다.

모든 것이 완료된 것을 본 마이크가 전면을 바라봤다. 그러는 동안 산적 두목과 울프 용병대장은 섣불리 달려들지 못했다. 무언가 있는 것 같은데 그것이 무엇인지 알 수 없어서였다. 그들의 뇌리에는 강력하게 '덤비면 죽는다'라는 말이 새겨졌지만 이미 칼을 빼든 상황이라 이러지도 저러지도 못할 뿐이었다.

그러다 산적 두목과 울프 용병대장은 서로를 바라봤고, 어쩔 수 없음을 알고 고개를 끄덕였다.

"죽여!"

산적 두목이 먼저 입을 열었고, 그 뒤를 따라 울프 용병대장 역시 소리 높여 외침에 5백에 달하는 용병들과 산적 두목이 미친 듯이 함성을 지르며 상행을 향해 달려들었다.

"와아아~"

"죽여라!"

"으하하하! 오랜만에 피맛이라……."

그들이 사방을 막고 달려옴에 임페리움 용병 1중대는 말없이 그들을 쏘아보았다. 하지만 어떤 동요는 보이지 않았다. 그때 마이크의 입에서 나직한 소리가 흘러나왔다.

"살짝 스치기라도 하는 날에는 특훈이다."

"아니, 그런……."

"이 정도도 이겨내지 못하고 생채기가 나는 것 자체가 있을 수 없는 일이라는 거 알지? 지나가던 개가 웃을 일이라는 거."

"에이씨. 알겠수."

그중 전면을 맡은 스타일스 1소대장이 뚱하게 그의 말을 받았다. 하기는 그럴 만도 했다. 타베스 산에서 혹은 그 무지막지한 교관들과 훈련에서 살아남은 자신들이다. 그리고 여기 있는 이들 전원이 익스퍼트에 들어선 단계이고 말이다.

하급은 아닐지라도 유저로서 마나를 깨닫고 있어서 아주 순간적으로 신체 능력을 강화시킬 수 있는 이들이 마나조차 깨닫지 못한 이들과의 싸움에서 진다는 것은 말도 안 되었기 때문이었다.

그에 마이크는 씨익 웃으며 두 자루의 단검을 꺼내 들며 빗살처럼 달려드는 산적들과 울프 용병대를 향해 뛰어들었다.

"들었지? 생채기라도 나는 날에는 아주 곡소리 나게 생겼으니 알아서들 잘 해라."

그렇게 외치면서 스타일스 역시 두 자루의 비도를 꺼내 들며 외쳤다. 하지만 그에게는 두 자루의 비도만 있는 것은 절대 아니었다. 임페리움 용병대에서 소대장으로 그것도 1소대장 혹은 선임 소대장으로 있다는 것은 그만큼 실력을 가지고 있다는 말과 다르지 않았다.

실제 스타일스는 익스퍼트 중급에 이른 실력자였다. 그리고 그의 무기는 비도였는데 그 비도의 수가 무려 100자루가 넘어갔다.

그가 앞으로 뛰어 나가며 비도를 던지니 이미 몇 명의 산적들은 비명도 지르지 못한 채 숨을 거두었고, 산적을 죽인 비도는 부메랑처럼 날아 다시 스타일스에게 날아왔다.

마이크와 스타일스의 공격을 시작으로 2소대장 블레이즈, 3소대장 에스트라다, 그리고 분부 소대장인 브라울러가 각자의 무기를 들고 자신이 맡은 곳으로 달려들어 오는 산적들과 용병들을 향해 달려 나갔다.

슈화아악!

동시에 사방으로 퍼져 나가는 임페리움 용병대의 무기에는 시퍼런 오러가 맺히기 시작했다.

"저, 저게……."

"무, 무슨……."

그것을 바라본 산적들과 울프 용병대원들은 심장이 입 밖으로 튀어나올 만큼 놀라지 않을 수 없었다. 용병대 전원이 익스퍼트라니. 이게 도대체 말이나 되는 소리냔 말이다. 하지만 그 있을 수 없는 일이 자신들의 눈앞에서 벌어지고 있었다.

"크아아악!"

비명이 터져 나오고 선홍빛 핏물이 사방으로 퍼져 나갔다. 오러란 그런 것이다. 무기로 막으면 무기를 잘라 버린다. 쇠로 된 무기라 할지라도 말이다.

그래서 산적들과 울프 용병대원들은 무기와 함께 통째로 잘려 나가고 있었다.

"저, 저……."

상행의 중심에 있던 행수 클라인 역시 심장이 튀어나올 정도로 놀라지 않을 수 없었다. 어떻게 저럴 수가 있단 말인가? 여태까지 용병대원까지 익스퍼트인 용병대는 단 한 번도 본 적 없었다. 그것도 1백 명이나 되는 용병들이 말이다.

그 믿을 수 없는 광경에 마차 밑에 숨어 든 일꾼들 역시 자신들의 처지를 잊은 채 마차 밑에서 기어 나와 그 휘황찬란한 오러의 향연을 넋을 잃고 바라봤다.

"어떻게……."

"이런 개 같은……."

그리고 산적 두목과 울프 용병대장은 절로 얼굴을 일그러뜨릴 수밖에 없었다. 용병대원과 산적들의 수가 5백? 그러면 뭐하는가? 이것은 상대가 될 수 없었다. 2천 명이 된다 해도 상대할 수 없었다.

그리고 그들은 볼 수 있었다. 자신들을 향해 일직선으로 다가오는 자를 말이다. 바로 임페리움 용병대의 1중대장이라고 소개한 마이크를 말이다. 그는 두 자루의 단검을 쥐고 있었다. 하지만 단순히 단검이라 생각하면 오산이었다.

그의 40㎝ 남짓의 단검은 이미 두 배 이상 길어져 있었다. 그의 단검 두 자루에는 오러 익스플로젼이 맺혀 있었기 때문이었다. 오러 익스플로젼은 익스퍼트 최상급을 지칭하는 말이라 할 수 있었다.

그 오러 익스플로젼은 사방으로 뻗어나가며 닥치는 대로 폭발을 일으켰다.

콰아앙! 쾅! 쾅!

"크아아악!"

"으아아악!"

오러 익스플로젼으로 죽은 자는 단 한 명이 아니었다. 적어도 대상자 주변에 붙어 있는 몇 명을 한꺼번에 공격하는 수단이었으니 그런 최상급이 오러 익스플로젼에는 수라는 것이 무의미했다.

그저 쓸데없이 앞을 가로막는 장애물일 뿐.

"이, 이거……."

순간 둘은 서로의 얼굴을 바라볼 수밖에 없었다. 그들의 머리에 떠오른 말은 피해야 한다는 단어였다.

하지만 그들은 피할 수 없었다. 그들의 생각을 읽었는지 몇십 미터의 공간을 홀홀 날아 그들의 후면으로 떨어져 내린 마이크가 단검 두 자루를 휘둘렀다.

그에 엉겁결에 무기를 들어 그의 검격을 막아냈다.

서거걱!

그러나 들려오는 소리는 통째로 무기가 잘려 나가는 소리였다. 그뿐만 아니라 잘려 나가며 멀리 홀홀 날아간 무기에서 폭발음이 들려왔다.

콰앙! 콰쾅!

"크아악!"

"케엑!"

여지없이 오러 익스플로젼에 의해 터져 나가는 그들의 잘려 나간 무기였다. 직접적으로 터지는 것도 아니고 마나를 이전시켜 날아가는 무기에 마나를 심어 그것을 터뜨리게 하는 최상급 중의 최상급의 기술을 선보인 것이다.

"사, 살려 주시오."

순간 산적 두목은 도저히 적대할 수 없는 사람이라는 것을 깨달았는지 제대로 대적조차 해보지 않고 무릎을 꿇고 머리를 조아려 손을 싹싹 빌었다. 하지만 그럼에도 울프 용병대의 대장은 자존심이 있어서인지 꼿꼿하게 서서 마이크를 노려봤다.

"네노옴~"

"토툰 마을의 용병이라고?"

그에 무언가 생각나는지 용병대장이 살짝 안색을 굳히며 답했다.

"그렇다."

"한 가지 물어보자."

"내가 물어본다고 말해줄 것 같으냐?"

"그래?"

그러면서 단검을 살짝 흔드는 마이크.

콰앙!

"크으윽!"

폭음이 터지고, 용병대장은 손목을 감쌌다. 어느새 용병대장의 손목이 사라지고 없었다.

무표정하게 그 모습을 지켜보는 마이크. 그런 그 모습이 더 잔인하게 보이는 용병대장.

"마을을 초토화시킨 건 너희들이지?"

"무슨 말이냐."

반문하면서도 용병대장의 목소리는 잘게 떨리고 있었다.

CHAPTER 5

용병대의 성장 Ⅱ

　발뺌을 하려 했다. 하지만 그런 부정이 마이크에게 통할 리
는 만무했다. 적어도 그는 익스퍼트 최상급에 올라 있었고,
전쟁 용병으로서 십 년 넘게 살아온 닳고 닳은 베테랑이었다.
그런 마이크를 속이려 한다는 것 자체가 있을 수 없는 일이라
할 수 있었다.

　"몰라?"

　"모… 른다."

　아주 잠깐의 시간을 두고 대답하는 용병대장.

　그에 마이크는 서늘한 미소를 떠올렸다.

"너희들은 아무도 모른다고 생각하겠지. 완벽하다고 생각하겠지. 하지만 세상일이란 그리 간단치가 않아. 인간인 이상 반드시 그 틈이 있게 마련이지."

"증거? 증거가 있단 말이냐?"

"글쎄? 있을까? 없을까?"

미묘하고 서늘한 미소를 떠올린 채 한 걸음 한 걸음 울프 용병대장이 있는 곳으로 걸음을 옮기는 마이크. 그에 울프 용병대장은 방패와 검을 꽉 움켜쥔 채 마이크를 노려봤다. 그의 얼굴에는 긴장한 빛이 떠올랐고, 꽉 움켜쥔 방패와 검을 잡은 손은 긴장감으로 인해 땀에 젖어들었다.

그런 와중에도 울프 용병대장은 그 정도로는 어림없다는 표정을 지어보이며 코웃음을 쳤다.

"흥! 감히 속이려 들다니. 죽여주겠다."

그는 여전히 기세를 잃지 않고 있었다. 용병대장의 검에 미약한 마나가 서렸다. 보아하니 익스퍼트에 든지 오래지 않은 것 같았다. 그에 마이크는 피식 웃어버렸다. 각오는 알겠는데 계란으로 바위 치기와 같은 일이지 않은가?

"최선을 다해 상대해 주지."

그러면서 대지를 박찼고, 순간 용병대장은 자신도 모르게 방패를 앞으로 내밀며 미약한 마나를 불어넣었다.

콰아앙!

"후우웁"

거대한 폭음이 들렸고, 팔을 타고 오는 화끈한 통증에 울프 용병대장은 자신도 모르게 숨을 들이켰다.

찌적!

지지지직!

단단하기 그지없는 방패가 형편없이 찌그러졌고, 균열이 발생했다. 그리고 그 힘을 견디지 못한 울프 용병대장은 바닥에 깊은 골을 패면서 뒤로 밀려났다. 하지만 마이크의 공격은 거기에서 그치지 않았다.

그는 아예 단검을 집어넣고, 주먹에 마나를 불어넣어 미친 듯이 울프 용병대장의 방패를 두드리고 있었다.

콰앙~ 쾅! 쾅! 콰앙!

그럴 때마다 울프 용병대장은 뒤로 물러났고, 바닥에 패이는 골은 더욱 깊어졌으며 울프 용병대장의 신음성은 더욱 커졌다. 그 와중에 산적들과 울프 용병대는 깨끗하게 죽어나가고 있었다.

클라인 행수는 그 모습에 입을 다물 수조차 없었다. 애초에 전력의 차가 크다고 생각했다. 하지만 막상 뚜껑을 열어보니 그 전력의 차라는 것이 오히려 산적과 울프 용병대의 연합이 더, 아니 한참 약하다는 것을 알게 되었다.

'이런 용병대가 있었다니……'

그러면서 가슴을 쓸어내리지 않을 수 없었다. 자신의 생각대로 행동했다면 지금 자신이 어떻게 되었을지 상상조차 할 수 없었기 때문이었다. 소드 유저도 아닌 익스퍼트 하급의 용병들. 개중 소대장이라는 자들은 중급자도 있었다.

굳이 비교하자면 잘 나가는 백작 가문의 기사단과 같은 전력이라 할 수 있었다. 그런 전력이 일개 용병대 소속이라니 실로 믿을 수 없는 일이었다. 그래서 그는 스스로 자신의 처신에 만족했다.

이런 이들과 척을 질 필요는 없었으니까 말이다. 인간관계에 있어서 첫인상이 얼마나 크게 작용하는지 너무나도 잘 알고 있는 그는 스스로 잘 처신했다고 생각했지만 그럼에도 혹시 자신이 잘못한 점이 있는지 곰곰이 생각하게 만들었다.

"저어~ 행수님."

"왜 그러나?"

"도대체 이 용병대는 무슨 용병댑니까?"

"그걸 왜 나한테 묻나?"

"그래도 행수님이시니 조금 더 아시리라 생각해서……."

"갑자기 그건 왜 물어보는 건가?"

"그게… 다른 일반적인 용병들과는 조금 달라서……."

"뭐가 말인가?"

"일단 말은 거칠기는 하지만 친절합니다."

"그게 무슨 말인가?"

거칠지만 친절하다니. 대체 이게 무슨 말이란 말인가? 이해할 수 없는 말이기는 했지만 아주 이해하지 못하는 것은 아니었다. 용병들처럼 그들의 행동은 정제되지 않고 거칠었다. 하지만 그 거침 속에서도 상대를 배려하는 것이 깃들어 있었다.

그리고 정중했으며, 언제나 상대의 의견을 묻고 행동을 했고, 약자를 보호했다. 듣기만 한다면 이건 용병이 아니라 기사처럼 여겨지기도 했다. 기사들은 기본적으로 상단의 일꾼들과는 계급 자체가 다르기 때문에 일꾼들과 함께할 일은 없지만 그들의 행동에는 은근히 상대를 무시하는 모습에 배어 있었다.

상인들이나 일꾼들은 그것을 당연한 것으로 여겼다. 그리고 용병들도 역시 마찬가지였다. 용병들이 비렁뱅이나 혹은 건달처럼 회자되고 있기는 하지만 그렇다 하더라도 자신들의 목숨을 보호해주는 역할을 하는 상단이 가질 수 있는 유일한 무력이라 할 수 있었다.

그래서 대부분의 상단은 자체적으로 용병대를 육성하거나 혹은 이름 꽤나 있는 용병대나 용병단과 장기 계약을 체결해 상단의 호위를 맡긴다. 그리고 그런 용병들은 제 버릇 남 못 준다고 여지없이 상행 중에 문제를 일으키는 경우가 다반사였다.

한마디로 용병은 필요악이었다. 반드시 필요하지만, 그렇다고 그들을 진심으로 대할 정도의 단체는 아니었다. 말투는 물론 행동도 거칠었으며 수틀리면 상행을 하는 상단을 모조리 죽이고 산적이 되는 경우도 있으니까 말이다.

그런데 임페리움 용병대는 달랐다. 거친 것은 분명했다. 용병들이니까. 하지만 일반적인 지금까지 상대했던 용병들과는 전혀 달랐다. 그들은 자신들이 해야 할 일이 집중했다. 상단을 호위하는 일에 전심전력을 다했고, 그 이외에는 전혀 관심조차 기울이지 않았다.

추가적으로 돈을 바라지도 않았고, 술을 바라지도 혹은 여자 또한 바라지도 않았다. 자신들의 정해진 것만을 원했고, 하인을 원하지도 않았다. 그래서 솔직히 일꾼들 입장에서는 편하기는 했지만 어떤 평화 속에 불안감을 느껴야만 했다.

그것이 하루 이틀 정도 지나다 보니 그것이 원래 임페리움 용병대의 체제라는 것을 알게 되었고, 그들은 이 세상에 이런 용병들도 있구나 싶었다. 그래서 일꾼들은 임페리움 용병대에 호의를 가지게 되어 혹시라도 행수라면 알고 있을지 몰라 물어봤지만 그것은 행수 역시 다르지 않았다.

그 역시 위에서 내려오는 대로 고용한 것뿐이니까 말이다.

'조금 더 알아둘 필요가 있겠어.'

그러는 동안 산적들과 날강도로 변해 버린 울프 용병대는 완전히 정리되고 있었다. 임페리움 용병대는 깔끔했다. 항복하는 자는 무장해제를 시키고, 밧줄로 꽁꽁 묶어 저항 불능 상태로 만들어 버렸다.

순식간에 5백에 이르는 산적과 용병들이 정리되어 버렸다.

"본부 소대장은 이들을 영주성에 압송하도록 한다."

"알겠습니다."

1중대 본부 소대장인 브라울러는 바로 명을 이행했다. 그들이 항복한 이들을 묶어 자리를 벗어난 것은 그야말로 순식간이었다. 그들의 모습만 보자면 잘 훈련된 정예를 보는 것 같은 느낌을 받을 수밖에 없었다.

"이곳에는 몬스터가 없소?"

마이크는 클라인 행수에게 물었다.

"다른 곳은 몰라도 이 길을 넘어가는 곳은 몬스터가 없는 것으로 알고 있소. 산적들도 먹고 살아야 하니 말이오."

"그도 그렇군요. 그건 그렇고 어서 자리를 이탈해야 할 것 같은데 괜찮겠소?"

"우리는 상관없소. 산적들과 강도로 변심한 용병들과 싸운 것은 당신들이 아니오."

그에 가볍게 고개를 끄덕인 마이크는 곧바로 용병들에게 몇 가지 지시를 내렸다. 그에 용병들은 빠르게 이동해 구덩이를 파는 조와 죽은 시체를 한곳에 모으는 조, 그리고 몇 개

조는 사방을 경계했다.

마치 미리 훈련을 한 듯이 정확하게 분담되고 있었다. 그 모습에 상인과 일꾼들은 감탄하지 않을 수 없었다.

'절대 이들은 신생 용병대가 아니다.'

그렇게 보였다.

전장 경험이 풍부하기 때문에 이렇게 능수능란하게 마치 한 몸처럼 움직일 수 있다고 생각했다. 만약 전에 있던 울프 용병대라면 이런 자질구레한 일은 의례껏 일꾼들이 해야 했다. 그 이유는 자신들은 전투를 위해 있는 것이지 허드렛일을 하기 위해 있는 것이 아니라는 말이었다.

일견하기에는 맞는 말이기는 했지만 전투를 치르고 전장을 정리하는 것도 분명 의뢰를 맡은 용병들이 해야 할 일임에는 분명했다. 기존의 아니 대부분의 용병들은 그것을 교묘하게 상인들이나 일꾼들에게 떠넘기고 있었고 말이다.

어쨌든 임페리움 용병대는 이렇게 골든 상단에 믿을 만한 용병대로 인지되고 있었다.

*   *   *

"임페리움 용병대라고?"

"그렇소."

"그렇구려. 그럼 잘해 봅시다."

"그럽시다."

인간의 허리 정도밖에 오지 않지만 덥수룩하고 풍성한 수염과 걸걸한 목소리. 그리고 단단해 보이는 자와 한 명의 인간 용병이 대화를 나누고 있었다.

"그런데 임페리움 용병대라고?"

다시 한 번 물어보는 드워프. 인간 용병은 전혀 귀찮지 않다는 듯이 답을 해줬다.

"그렇소."

"흐음. 처음 들어보는 용병댄데……."

그에 고개를 갸웃해하며 두 번이나 물었지만 전혀 생각나지 않는다는 듯이 여전히 인상을 찌푸리고 있는 드워프. 그에 인간 용병은 그럴 수도 있다는 듯이 무심하게 답을 했다.

"그동안 전쟁 용병을 했었소."

"전쟁 용병? 그렇다면 쿠테란 마을과 멀지 않은 곳일 텐데 들어본 적 없군."

"생긴 지 얼마 되지 않았소."

"역시 그런가?"

그럴 줄 알았다는 듯이 답을 하는 걸걸한 목소리의 드워프 용병.

"노파심이지만 조심하시오. 북부의 회색 숲에 있는 몬스터들보다는 못하지만 충분히 강하오."

"알고 있소."

"조사는 하고 온 건가?"

"그래도 명색이 용병대요. 그런 것쯤은 준비해야 하지 않겠소?"

"그도 그렇군."

그러면서 임페리움 용병대를 이끌고 온 자를 위 아래로 훑어보는 드워프였다. 그는 마치 큰 결심이나 한 듯이 작게 고개를 끄덕인 후 입을 열었다.

"나는 쿠테란 마을의 검은 모루 용병대의 섬머해드라고 하오."

"임페리움 용병대의 대장 아론이오."

"아! 그런가? 어쨌든 반갑구려."

"그렇구려."

"그런데 어디서 활동하고 있소?"

"주 활동 무대는 플랑드르요."

"플랑드르라. 거기 철광석이 질이 좋은데 말이야. 좋은 곳을 영역으로 삼았구려."

"뭐, 그리 나쁘지는 않소."

"플랑드르라는 곳을 영역으로 할 정도면 꽤 강력하다는 것인데 어떻게 내가 듣지 못했는지 모르겠군."

드워프로서는 철광석이 나는 곳은 다 안다고 자부할 수 있었다. 이렇게 용병 일을 하며 전사의 역할을 하는 이들도 있지만 그 근본은 바로 대장장이였기 때문이었다. 전사라 할지라도 보통의 인간들과 확실히 다른 시각을 가지고 있는 드워프였다.

"세상의 모든 용병들을 다 알 수는 없는 법이지 않소."

"그도 그렇군. 그리고 말이오……."

그러면서 슬쩍 한쪽으로 갈라져 있는 용병단을 바라보며 불편한 기색으로 입을 여는 쉼머해드였다.

"저들과는 가까이 하지 마시오."

"토툰 마을의 용병입니까?"

"어? 알고 있나?"

"잘 알고 있소. 우든 마을에서 신세 진 적이 있어서 말이오."

"그렇군. 어쨌든 질이 나쁜 놈들이니 조심하는 게 좋을 것이오."

그렇게 말을 하면서 불편한 기색을 숨기지 않았다. 그때 얼굴에 칼자국이 잔뜩 새겨져 있던 용병이 그를 향해 서서히 걸어 왔다.

"여어~ 땅꼬마."

"저런 쳐 죽일 새끼가."

그에 쉼머해드는 분노한 기색을 감추지 않았다. 아론은 그저 둘의 관계를 지켜볼 뿐이었다. 그때 쉼머해드는 등 뒤로 묶어 두었던 거대한 배틀엑스를 꺼내 들고 입을 열었다.

"살인마 잭! 네놈이 내 앞에 모습을 드러내다니. 죽고 싶은 게로구나."

"워, 워. 이거 왜 이래? 그냥 인사나 하려고 온 건데 말이야."

"내가 네놈하고 인사를 할 정도의 사이인가?"

"뭐 아니라면 말고. 어쨌든 이따 보자고."

그러면서 한발 빼는 살인마 잭이라 불리는 자. 그가 돌아가자 분을 삭이지 못한 쉼머해드는 애꿎은 배틀엑스로 바닥을 쿵 내려쳤다.

"쌍놈의 새끼."

"별로 좋아 보이지 않은 관계로구려."

아론의 말에 고개를 홱 돌린 후 가래침을 뱉어내며 입을 열었다.

"저놈, 이종족 사냥꾼이다."

"이종족 사냥꾼? 그거 제국법에 의해 금지된 거 아니었나?"

"흥! 제국법? 저런 놈들이 그것을 지키려고 하나? 그리고 저 놈들과 연계된 귀족들이 한 둘이 아니야."

"저놈들에게 당한 적이 있나?"

"당했지. 그것도 아주 많이."

분을 삭일 수 없다는 듯이 답을 하는 쉼머헤드. 하지만 쉼머헤드와 아론은 어느새 몇 년은 사귄 친구처럼 경칭을 버리고 대화를 나누고 있었다. 아마도 적대시하는 용병이 눈앞에 있으니 그 분을 참지 못하는 과정에서 아론을 자신의 편으로 생각하는 모양이었다.

"그런데 왜 그대로 둔 것인가?"

아론의 물음에 살짝 당황한 쉼머헤드. 그러다 신중하게 입을 열었다. 이미 그에게 있어서 서로 경칭을 생략하고 있는 것쯤은 아무런 문제도 되지 않는다는 듯이 말이다. 그리고 드워프는 나름 자신들을 호탕한 종족이라고 생각하고 있으니 어쩌면 당연한 일일지도 몰랐다.

"저놈들, 교묘하고 집요한 면이 있지. 그리고 결정적으로 저들은 인간이라는 것이고 우리는 드워프라는 것이야."

충분히 이해할 수 있는 말이었다. 쉼머헤드의 말 속에는 숨길 수 없는 분노를 담고 있었다.

"뭔가 인간들끼리 협잡을 하고 있다는 이 말인가?"

"그래. 그거……."

충분히 가능한 말이었다. 아니 실제 그런 경우가 다반사일 것이다.

"흐음. 이번에도 그럴 것이라고 생각하나?"

"물론이지. 그들은 이런 대규모의 토벌 작전이 있으면 언제나 그랬으니까. 그래서 수인족이나 엘프들이 이번 토벌 작전에 참여하지 않은 것이고."

"그래서 들었던 것보다 참여 인원이 적었던 것이로군."

"그렇지. 알 만한 사람들은 이미 다 알고 있으니까. 그리고 저놈들의 목표는 이종족뿐만이 아니야."

"인신매매도 한다는 말이로군."

"그래. 그래서 조심하라고 하는 거야."

"고맙군."

그렇게 대화를 하는 도중에 기사 한 명이 외쳤다. 그에 이번 토벌 작전에 참여한 이들이 각자 용병대나 용병단 별로 모여 대충 줄을 맞추기 시작했다. 용병들에게 오와 열을 맞추라는 것은 말이 안 된다는 것을 아는지 기사들이나 병사들도 설렁설렁 모여드는 용병들에게 뭐라 하지는 않았다.

해봐야 들어먹을 용병들도 아니고 말이다. 그 와중에 아론은 토툰 마을의 크러쉬 용병단의 단장 살인마 잭이 어디론가 향하는 것을 본 후 그를 쫓았다.

"그를 노리는가?"

그때 아론의 곁으로 다가온 그레이.

그랬다.

아론이 대동하고 온 용병들은 바로 그레이와 그를 따르는 회색 오크 부족이었다. 그래서 다른 토툰 마을이나 쿠테란 마을에서 온 용병단에 뒤지지 않은 세력을 가질 수 있었고, 처음 들어보는 용병단임에도 불구하고 그들을 무시하는 용병들은 없었다.

그도 그럴 것이 회색 오크 부족의 전사들은 대부분이 2미터가 넘어가는 체구를 가지고 있었으니 그저 보기에도 기가 질릴 정도였으니 당연했다. 아무리 개념 없는 용병이라 할지라도 그 수에 기가 질려서라도 쉽게 접근하지 못했다.

"아무래도 놈들이 우리를 노릴 가능성이 높아."

"그런가?"

심드렁하게 답을 하는 그레이. 그럴 수밖에 없는 것이 그들은 절대 강해보이지 않았기 때문이었다. 하다못해 자신의 휘하에 있는 전사들조차도 못해 보였다. 그런 그들이 강하면 얼마나 강할 것이냐는 것이다.

"저들은 이종족 사냥꾼이다."

"이종족?"

그제야 그레이는 아론의 말에 귀를 기울였다. 이종족이라면 자신들도 포함되어 있으니까 말이다.

"무리에서 따로 떨어진 혹은 떨어뜨린 이종족을 사냥해 노예로 팔아먹는 거지."

그에 그레이는 토툰 마을에서 파견 나온 크러쉬 용병단에 한 번 시선을 두었다. 그러고는 나직하게 으르렁거렸다.

"나에게 그런 기회가 와 준다면 좋겠군."

"그래. 그래도 괜찮겠지. 하지만 중요한 것은……."

"그들의 배후와 노예를 감춰둔 장소를 파악해 내는 것이겠군요."

단번에 아론의 의중을 파악한 블랙해머가 입을 맞췄다. 그에 아론은 조용히 고개를 끄덕였다.

"맞아."

"그렇다면 제발 우리를 노려달라고 빌어야겠군."

"빌지 않아도 우리를 노릴 것이다."

"무슨 근거로?"

"바바리안이라는 이종족은 상당히 쓰임새가 많은 종족이다."

아론의 말에 그레이는 슬쩍 자신의 휘하에 있는 오크들을 훑어봤다. 현재 자신들은 바바리안으로 분하고 있었다. 그것도 2천에 가까운 바바리안이니 이종족 사냥꾼들이 눈독을 들이지 않을 수 없을 것이다.

그들이 그런 대화를 나누고 있을 때 남의 시선을 벗어나 한쪽으로 벗어난 살인마 잭은 은밀하게 누군가를 만나고 있었다. 그는 다름 아닌 아우슈반츠 백작 가문의 집사인 에디야 콜트였다.

집사인 그가 도대체 이곳에는 무슨 일로 모습을 드러낸 것일까? 하지만 이런 의문은 곧바로 풀어졌다.

"흐흐. 이번에는 바바리안 족과 드워프 족이 참여했군."

"수인족들보다 돈이 되는 것은 역시 바바리안 족과 드워프 족이지."

"특히 바바리안 족은 그 용맹성이 남달라 검투 노예나 전투 노예로 쓸 만한 종족이지."

그들은 한마디씩 이번에 참여하게 된 바바리안 족에 대한 상품 평가를 하고 있었다. 그도 그럴 것이 바바리안 족은 그 수가 특히 적어 어디에서든지 환영받는 종족이었기 때문이었다. 그런데 2천이나 되는 대규모의 바바리안 족이 토벌 작전에 참여했으니 이 얼마나 절호의 기회란 말인가?

"이번에는 6 대 4."

"에헤이~ 이거 왜 이러실까? 5 대 5."

"이봐. 잭. 자네 그동안 많이 컸군."

살인마 잭의 말에 콜트 집사는 싸늘한 미소를 떠올렸다. 그에 살인마 잭 역시 할 말이 많은 듯한 표정을 지어보였다.

"내가 사라지면 당장에 일을 할 만한 존재가 없을 텐데?"

"토툰의 가라비토에게 내가 직접 말을 해야 하나?"

"……."

그에 말없이 콜트 집사를 쏘아보는 잭. 그런 잭을 보며 콜트 집사는 손으로 그의 뺨을 톡톡 두드리며 입을 열었다.

"자신의 위치를 잘 알아야지. 어디서 함부로 기어오르려고 그러나? 그리고 6을 나 혼자 먹는다고 생각하면 오산이야. 네 놈이 이 아우슈반츠 백작 가문의 영토에서 활개 칠 수 있는 이유가 어디에 있다고 생각하나?"

한참을 그를 쏘아보던 잭은 이내 눈을 내리깔며 나직하게 신음성을 냈다. 그런 그를 보며 비웃음을 날리는 콜트 집사.

"그래. 그래야지. 나 혼자 먹고 살자고 이러는 거 아니라는 것을 알거야. 6 대 4. 그 6 중에 내가 가져가는 것은 채 2가 안 돼. 잘 새겨들어. 다시 한 번 지금과 같은 모습을 보이면 네놈은 다시 토툰으로 돌아가야 한다는 것을 말이야."

"알겠… 소."

눈을 내리깐 잭을 보며 나직하게 조소를 흘리면서 사라져 가는 콜트 집사. 그런 콜트 집사의 등을 쏘아보는 잭. 그는 자신도 모르게 주먹을 꽉 움켜쥐었다.

"언젠가 네놈의 머리 가죽을 벗겨 버릴 것이다."

그 말을 남기고 몸을 돌려 사라지는 잭이었다.

＊　　　＊　　　＊

"반갑군."
"그래. 반가워. 아~ 주."

아론과 잭이 악수를 나눴다. 어떻게 조를 나눴는지는 모르지만 일단 아론이 이끄는 임페리움 용병대와 잭이 이끄는 크러쉬 용병단이 한 개 조가 되어 살게라스 산맥의 우측을 방어하게 되었다.

꾸욱!

잭은 무엇이 그리 반가운지 아론과 맞잡은 손에 악력을 가했다. 하지만 아론의 표정은 그저 평온하기만 했다. 그러다 서늘한 미소를 떠올리며 나직하게 입을 열었다.

"장난 그만하지?"

"아! 그래. 그러는 게 좋겠군."

"그리고 같은 우측 방면을 맡았다고는 하지만 너희들은 너희들대로 움직여라. 굳이 같이 움직이고 싶지는 않군."

"그건 어려울 것 같군. 아무리 그래도 한 조가 아니던가?"

"한 조? 언제 우리가 합을 맞춰 본 적이라도 있나?"

"그건 없지. 하지만 괜히 분란을 일으키거나 아우슈반츠 백작의 눈을 거슬리는 행동을 하면 좋을 게 없지 않나?"

"그건 그렇군. 그럼 그들에게 요청을 하지."

"요청?"

"기사나 가신을 보내달라고 말이지. 그래야 공평하지 않겠나?"

"오~ 그거 좋은 생각이로군."

잭은 간단하게 응답했다. 하지만 속으로 웃고 있었다. 바바리안을 2천이나 휘하에 두고 있다면 실력은 확실할 것이다. 물론, 지금 간단하게 간을 본 결과 역시 만만치 않다는 결론을 내리기는 했지만 말이다.

'하지만 거기까지다.'

그랬다.

가진 바 무력은 강할지 모르나 그 이외의 것에 뛰어나라는 법은 없었다. 그리고 자신은 아우슈반츠 백작 가문 내에서 어느 정도 입김이 통하는 상태. 용병대와 용병단을 움직이고 작전을 분배할 가신을 보내달라고 한다면 자신과 연관이 있는 이를 불러 올 수 있었다. 그 정도의 입김은 어렵지 않으니까 말이다. 아우슈반츠 백작 가문에서야 꿩 잡는 게 매라고. 용병들이 얼마나 죽든지 상관없었다. 용병이 죽으면 그 용병의 몫을 줄 이유가 없으니 많이 죽으면 죽을수록 좋았다.

그런 행위는 비상식적이라고 하지만 대부분의 귀족 가문을 그렇게 용병들과 계약을 한다. 목구멍이 포도청이라고 용병들은 그것이 부당한 대우임에도 불구하고 목숨을 내걸고 이런 대규모의 토벌 작전에 참여한다.

왜냐하면 잘만 하면 평생 먹고 살 정도의 금액을 벌어들일 수 있으니까 당연히 목숨을 걸 수밖에 없었다. 부당하더라도 한 몫을 단단히 잡을 수 있으니까. 이 지긋지긋한 용병 일을 그만둘 수 있으니까.

어쨌든 아론의 요청으로 가신이 50여 명의 기사들과 통신으로 상황을 전달할 수 있는 가문의 마법사와 함께 당도했고, 곧바로 부대를 편성했다. 기실 부대를 편성할 필요조차 없었다. 임페리움 용병대를 좌군, 크러쉬 용병단을 우군으로 정하고 곧바로 작전에 들어갔다.

먼저 움직인 쪽은 임페리움 용병대였다. 아무래도 그들이 움직여야 할 지역이 더 멀었기 때문이기도 했다. 멀리 사라져 가는 임페리움 용병대를 두고 잭과 시지 남작은 나직하게 대화를 나눴다.

"저쪽이면……."

"트롤과 오거의 영역이오."

"흐음. 죽으면 가치가 떨어지는데."

"걱정할 필요 없소. 왜 많은 나라가 바바리안을 전투 노예를 원하겠소. 바로 가진 바 전투 능력이 뛰어나기 때문이 아니겠소."

"그런긴 한데……."

"어차피 우리도 뒤를 따를 것이니 걱정할 것 없소. 그건 그렇고……."

그러면서 보기에도 묵직해 보이는 가죽 주머니를 시지 남작에게 건네는 잭이었다. 시지 남작은 별로 싫어하거나 주변의 눈치를 보는 시늉도 하지 않은 채 가죽 주머니를 받아들었다.

"나만 주면 의미 없는데……."

"걱정 마시오. 기사들과 마법사에게도 이미 기름칠을 단단히 해 뒀소."

"역시. 자네는 이래서 내가 싫어할 수 없단 말이지. 어쨌든 나는 이곳에 진영을 펼치고 있을 터이니 알아서 잘 해 보게."

"알겠소."

고개를 끄덕이는 잭. 무표정을 가장하기는 했지만 속으로는 연신 투덜거릴 수밖에 없었다.

'돈만 밝히는 돼지 새끼 같으니라고.'

하지만 그것은 속마음일 뿐이었다. 그런 속마음을 겉으로 표현할 정도로 삶이 평탄하지 않은 잭이었으니까.

'어쨌든 준비는 끝이 났다.'

그의 시선이 멀어지고 있는 임페리움 용병대의 등 뒤로 향했다. 뒤에서 그런 일이 있는 것을 아는지 모르는지 아론은 임페리움 용병대를 이끌고 살게라스 산맥의 갈라델 골짜기로 향해 가기 시작했다.

"수작을 부리고 있군."

그레이는 멀리 떨어져 있음에도 불구하고 잭과 시지 남작과의 대화를 듣고 있었다. 그레이트 마스터에게 있어서 그 정도는 일도 아니었다. 물론, 아우슈반츠 백작 가문의 통신 마법사 보드킨 애덤스와 오빌 메이저스가 달라붙기는 했지만 그들은 선두에 서지 않았다.

그렇지 않아도 체력적으로 약하다는 이유로 뒤에서 설렁설렁 따라오고 있었다. 그 덕분에 아론과 그레이는 은밀한 이야기를 메시지로 전하지 않고서도 나눌 수 있었다.

"편히 수작을 부리라고 아무런 토를 달지 않은 채 이쪽으로 온 것이니까."

"언제쯤이나 될까?"

"우리가 지쳤을 때."

"흥! 겨우 트롤이나 오거 정도로 우리가 지칠 것이라고 생각하나?"

"연기를 해야지."

"연기?"

"그래야 저들이 우리의 배후를 치지 않겠나?"

"그건 그런데… 크음."

마음에 들지 않는다는 듯이 앓는 소리를 하는 그레이. 그런 그레이의 어깨를 툭툭 치며 나직하게 웃는 아론.

"인간과 함께 살아가려 한다면 그 정도 머리는 써야 한다."

"끄응. 어쩔 수 없지."

확실히 그레이는 이런 쪽으로는 전혀 재능이 없었다. 어쨌든 그들은 빠르게 살게라스 산맥으로 접어들어 갈라델 골짜기로 향했다. 중간 중간 고블린이나 슬라임, 혹은 놀의 무리를 만났지만 애초에 회색 오크 부족의 상대가 될 수 있는 존재들이 아니었다.

덕분에 죽은 몬스터의 부산물은 고스란히 아론의 아공간에 흔적도 없이 사라졌다. 마법사들은 맨 후미에서 몇 명의 기사들에게 호위를 받고 있으면서 몬스터와 접전이 벌어질 때는 걸음을 멈추고 몸을 사렸다.

"몬스터를 다 처리했다고?"

"그렇다고 합니다."

"그럼 갑시다. 소유권을 주장해야 되니 말이오."

통신 마법사 둘과 기사가 전투가 벌어졌던 곳으로 향했다.

하지만.

"우욱!"

마법사의 얼굴은 허옇게 질려 헛구역질을 할 수밖에 없었다. 기사들 역시 눈살을 찌푸릴 수밖에 없었다. 그들이 바라보고 있는 곳에는 몬스터의 시체를 뜯어먹고 있는 바바리안들이 있었기 때문이었다.

그중 한 명의 바바리안이 아직도 펄떡거리며 뛰고 있는 심장을 움켜쥐더니 그들을 향해 씨익 웃어보였다. 그러더니 자리에서 일어나 심장을 그들에게 내밀었다.

"들겠소?"

"으으… 아, 아니오. 그, 그럼……."

그 모습에 질려 버린 마법사와 기사는 부리나케 후미로 물러났다. 그리고 다시 인의 장벽이 쳐지고, 방금까지 심장을 들고 있던 바바리안은 놀의 심장을 툭 집어 던졌다.

"비리군."

"심장이 다 그렇지."

"그렇지. 그런데 왜 대족장께서는 우리에게 이런 연기를……."

"어허~ 대족장이 아니고 연대장님."

"아! 연대장님."

"앞으로 조심하라고."

"그래. 그래야겠지."

그 일이 있은 이후 마법사들과 기사들은 몬스터와의 전투가 끝난 이후로 단 한 번도 전장에 나선 적이 없었다.

단지.

"놀 부락 1천 마리를 사냥했습니다."

"고블린 한 개 부락 1,200마리를 사냥했습니다."

이런 식의 단편적인 내용을 통신으로 알려줄 뿐이었다. 그리고 그들의 역할은 또 하나 있었는데 바로 그들의 이동 속도와 경로였다.

"카샨의 전초 폐허를 지나가고 있습니다."

"상당히 신속하게 이동하고 있기 때문에 일주일 이내에 갈라델 골짜기에 도착할 수 있을 것이라 판단됩니다."

"멀리 갈라델 골짜기가 보입니다. 오늘은 이곳 일갈라에서 머물고, 내일 바로 갈라델 골짜기로 진입한다고 합니다."

"현재까지 인명 피해는 없습니다. 실로 대단한 무력이라고 할 수 있습니다."

그들은 그 외에 별달리 할 일도 없었지만 그렇다고 임페리움 용병대와 섞이고 싶어 하지도 않았다. 그들은 처음 보였던 임페리움 용병대의 몬스터의 심장을 씹어 먹는 모습에 오금이 저려 함부로 나설 수도 없었기 때문이었다.

"쉽군."

그레이의 말에 피식 웃어버리는 아론이었다. 쉬울 만도 했다. 회색의 숲에 비하면 살게라스 산맥의 몬스터는 그야말로 물살이었으니까. 이곳의 기사들과 병사들이 들었다면 당장이 멱살을 잡았을 것이기는 하지만 그래도 쉬운 것을 어쩌란 말인가?

"이제부터 시작이지."

"고블린이나 놀 등을 보면 알 수 있다."

"그런가? 하지만 이제부터 시작이다. 무서운 것은 몬스터가 아니라 인간이니까."

"확실히 그렇기는 하군. 겁은 많지만 겁이 많은 만큼 생존에 대한 본능이 강력하니까."

"어쨌든 내일부터 본격적으로 갈라델 골짜기로 진입할 테니까 준비해 둬."

"작전은 안 짜나?"

"그레이와 친위대와 호위대는 갈라델 골짜기의 평평한 입구에 모루처럼 버틴다. 그리고 1, 2중대는 좌측으로 3중대와 본부 중대는 우측으로 가 몰이를 시작한다."

"그걸로 끝?"

"더 이상 무슨 수가 필요할까? 설마 자신 없는 것은 아니겠지?"

"재미없는 농담이군."

그럴 만도 했다.

몬스터가 다른 지역보다 거의 두 배 이상의 전투력을 보이는 회색의 숲에서도 오거를 사냥하던 회색 오크 부족이었다. 그런 그들이 아무리 강력하다고 사지만 이런 살게라스 산맥의 몬스터를 감당하지 못한다는 것은 말도 안 되는 일이었다.

그렇게 쓸데없는 농담을 하면서도 용병단은 결코 주변의 경계를 쉬지 않았고, 내일의 전투를 위해 충분한 휴식을 취해주고 있었다.

"참 대단하군."

그때 그들과 살짝 떨어진 거리에서 천막을 치고 야영 준비를 하던 보드킨 애덤스와 오빌 메이저스 통신 마법사가 서로 대화를 나눴다.

"그러게 말입니다. 설마하니 이렇게 강할 줄은 몰랐습니다."

"저들은 바벨의 탑에서도 군침을 흘리는 종족이니 당연히 그럴 수밖에 없을 것이다."

"아니 왜?"

"저들은 마법 저항력이 상상을 초월하거든. 근접 전투력이 뛰어난 이유지. 1, 2서클의 마법 정도는 아무렇지도 않게 몸으로 버텨내는 종족이니까. 그렇다 보니 바벨의 탑에서도 바바리안을 실험 재료로 쓰기 위해 혈안이 되어 있는 상태지."

"호오~ 그렇습니까?"

새로운 것을 알았다는 듯이 호위 기사가 흥미롭게 추임새를 넣었다.

"자네들도 봤지 않은가? 이곳까지 거의 평지를 걷는 것처럼 오는 것을 말이네. 놀이나, 고블린 부족 등이 있었지만 어디 그들의 걸음을 멈출 수 있던가?"

"그건… 아닙니다."

"다만, 너무 야만적이라서 탈이지."

그에 보드킨 애덤스는 자신도 모르게 심장을 들고 입 주위에 피칠갑을 한 채 자신에게 건넸던 장면을 떠올리며 몸서리를 쳤다.

"어쨌든 내일부터 본격적으로 시작이로군요."

"그래. 절대 저들을 따라 안으로 들어가지 말게. 안전 지역에서 저들에 대한 동향만 전해주면 되는 것이네."

"알고 있습니다."

"그럼 다들 쉬어두게. 직접적으로 전투를 하지는 않지만 내일부터는 바쁠 테니까. 직접적으로 저들과 협상을 해서 트롤과 오거의 부산물도 챙겨야 하니까 말이네. 그건 그렇고 마법 배낭은 준비했나?"

"염려 마십시오. 여기 잘 간직하고 있습니다."

애덤스 선임 통신 마법사의 물음에 메이저스 통신 마법사가 걱정하지 말라는 듯이 두툼하고 **커다란** 마법 배낭을 툭툭 두드려 보였다. 그리고 그런 마법 배낭은 따라온 기사들 역시 모두 하나씩 지니고 있었다.

"됐군. 그럼 다들 쉬게나."

"알겠습니다."

그렇게 적막에 휩싸여 갔다. 그 와중에 아론은 홀로 허공을 날아 어둠 속을 움직이기 시작했다. 몬스터의 분포를 확인하기 위해서였다. 아무리 간단하게 작전을 짰다고는 하지만 여기 있는 인원 중 단 한 명의 손실도 있어서는 안 되었기 때문이었다.

이들은 임페리움 용병대의 근간이었고, 그레이가 다시 회색 오크 부족을 손에 넣는데 결정적인 역할을 할 오크들이었기 때문이었다.

'오거 오십여 개체와 트롤 삼백여 개체. 그리고……'

하나 더 있었다.

바로 그리폰이었다.

'상당히 까다로운데. 먼저 처리할까?'

잠깐 고민하다 이내 그리폰이 있는 곳으로 신형을 달려 나가는 아론이었다. 그때 그의 귓가로 메시지가 날아들었다.

'뭐하려는 건가?'

'아! 그리폰이 있어서 말이지.'

'음. 자꾸 신경을 거슬리는 개체가 있다고 생각했더니 그리폰이었던가?'

'그래.'

'대충 서북쪽 절벽 같은데.'

'그쪽 맞아.'

'그 외에는 없나.'

'없는 것 같군.'

없는 것 같다고는 했지만 그렇게 말했다는 것은 그의 감각에 걸리는 그리폰이 없다는 것과 같았다. 이미 인피니티 마스터에 오른 그가 헛소리를 할 리는 없으니 말이다.

'대충 열 개체 정도 느껴지는군.'

'그래.'

'5 대 5.'

'그러든지.'

그와 함께 아론의 신형이 사라졌다. 그리고 그레이의 신형도 사라졌다.

슈가가각!

잠들어 있던 그리폰의 목 다섯 개가 순식간에 잘려 나갔다. 그리고 그보다 조금 늦게 또 다른 다섯 마리의 그리폰의 목이 느릿하게 떨어져 내렸다.

"끝났군."

"너무 싱겁군."

"그런 면이 없지 않지."

그러면서 열 마리의 그리폰의 사체를 아공간에 집어넣는 아론.

"새삼스럽지만 그 아공간이라는 것은 볼 때마다 신기하군."

"아마 그랜드 마스터에 오르면 너도 가능할 거다."

"아공간을 얻기 위해서라도 그랜드 마스터에 올라야만 하겠군."

그런 쓸데없는 대화를 나누며 그들은 다시 야영지로 돌아왔고 이튿날 날이 밝자마자 그들은 즉각 작전대로 행동에 옮겼다.

"꾸어어어엉~"

산천초목을 울리는 거대한 울음소리가 갈라델 골짜기에 울려 퍼지기 시작했다. 아름드리나무가 빽빽한 곳에서 지축을 울리며 거대한 먼지구름이 그들을 덮쳐오기 시작했다.

"준비이~"

그때 블랙해머가 외쳤다. 그에 임페리움 용병대는 동요하지 않고 침착하게 준비 자세를 갖췄다. 그 모습을 본 기사들은 감탄하지 않을 수 없었다. 마치 잘 훈련된 정예병 그 이상을 보는 것 같았으니까 말이다.

하지만 감탄만 하고 있을 때는 아니었다. 어느새 저 멀리에서 느껴지던 진동이 점점 가까워져 살 떨리는 살기를 내뿜고 있었기 때문이었다.

"후욱!"

마법사들은 자신도 모르게 답답하고 둔중한 한숨을 내쉴 수밖에 없었다. 살갗을 따끔거리게 하는 살기는 자신도 모르게 그 행동을 해 보이기에 충분했으니 말이다. 그때 드디어 몇 몇의 트롤과 부딪히는 임페리움 용병대.

"우워어어억!"

트롤은 달리는 와중에 자신의 앞길을 막고 선 인간들을 향해 거대한 곤봉을 휘둘렀다. 하지만 그런 단순한 곤봉 공격을 허용할 오크 전사들이 아니었다. 몇 명이 앞으로 나서 곤봉을 막아냈고, 몇 명이 옆으로 돌아 허리, 발, 가슴을 동시에 타격해 들어갔다.

2미터가 넘는 거구들의 움직임이라고는 도저히 상상조차할 수 없을 정도의 빠른 움직임이었다. 그렇게 순식간에 한마리의 트롤이 그 특유의 재생력을 내보이지도 못한 채 목이잘려 죽음을 맞이했다.

하지만 몰려오는 트롤은 한 마리가 아니었다.

이후 끊임없이 몰려들었고, 몰이의 역할을 하는 임페리움용병대는 지극히 바빠지기 시작했다. 또한 트롤만 있는 것이아니었다. 바로 오거까지 합세하게 됨에 따라 더욱더 바빠졌다. 하지만 임페리움 용병대는 결코 당황하지 않았다.

충분히 기다려 그들을 잡아냈고, 한데 모으지 않고 분산시켰다. 그리고 그 뒤를 이어 트롤과 오거를 몰았던 몰이조가들이닥치면서 대등하게 이어지던 전투가 순식간에 임페리움용병대로 기울어지기 시작했다.

누가 봐도 임페리움 용병대의 승리였다. 그런 그들의 모습을 지켜보고 있는 이들이 있었으니 다름 아닌 크러쉬 용병단이었다. 잭은 턱을 쓰다듬으며 입을 열었다.

"이거 생각보다 강한데?"

"지금이 아니면 기회가 없을 것 같습니다."

"너도 그렇게 생각하지?"

"그렇습니다. 지금 바로 공격해 들어가야 합니다."

"좋아! 공격한다. 살릴 수 있으면 살리고, 죽여도 상관없다. 죽은 시체도 돈이 되니까."

"알겠수."

잭의 명령이 떨어지자마자 2천 중에 고르고 고른 5백 명의 크러쉬 용병단이 움직이기 시작했다. 굳이 은밀하게 움직일 필요는 없었다. 이미 몬스터와 접전에 들어간 임페리움 용병 대니까 말이다. 온통 몬스터와의 전투에 빠져 있는 그들이 어떻게 자신들을 신경 쓸까?

CHAPTER 6

이종족 Ⅰ

임페리움 용병대는 트롤과 오거를 상대로 미친 듯이 싸웠다. 그 와중에 아론과 그레이는 이곳에 존재하지 않았다. 블랙해머가 모든 상황을 조절하면서 적절하게 인원을 배분하고 있었다. 그리고 누구도 그 둘이 어디 있는지 신경 쓰지 못했다.

후방에서 임페리움 용병대가 트롤과 오거를 맞아 싸우고 있는 것을 지켜보는 통신 마법사와 기사들조차 정신없이 그 박진감 넘치는 싸움을 보느라 둘의 존재를 확인할 수 없었다. 사람이란 불구경 다음으로 좋아하는 것이 싸움 구경이라는 말이 나도는 걸 보면 그들이 푹 용병대의 싸움을 넋 놓고 보는 것도 이해가 되었다.

그리고 몬스터에 밀리는 것도 아니고, 대등하거나 혹은 밀어 붙이고 있는 상태에서는 더욱더 그러했다. 실제 마법사들과 기사들은 흥미진진하게 그들의 전투를 지켜보고 있었다. 그리고 마법사들은 전투의 기록을 남기기 위해 영상을 저장해야 했고 말이다.

어쨌든 임페리움 용병대와 몬스터들이 드잡이질을 하고 있는 와중에 아론과 그레이는 그들의 후방으로 접근하는 좌우 접근로를 차단하고 있었다. 단지 두 명으로 어떻게 그럴 수 있느냐고 묻는다면 이들의 실력은 충분히 그러고도 남을 실력이라 답할 수 있을 것이다.

그레이트 마스터와 인피니티 마스터가 아니면 도대체 누가 있어 홀로 몇 천이 다가오는 후방을 막아낼 수 있을까? 그리고 크러쉬 용병단은 그것도 모른 채 빠르게 임페리움 용병대의 배후를 향해 전력으로 달리고 있었다.

멈칫!

그러다 마침내 그들은 걸음을 멈출 수밖에 없었다. 그들이 가는 길을 막아선 존재가 있었기 때문이었다. 그에 잭 용병단장은 어이없다는 듯이 그 둘을 바라보다 입술을 일그러뜨리며 입을 열었다.

"알고 있었나?"

"토튼 마을의 용병이라면 상식이지."

"쯧! 괜히 연극을 했군."

"다음부터는 연기 공부도 좀 해야 하겠더군."

"쯧!"

아론의 말에 손가락으로 불을 긁으며 짜증스러운 표정을 지어보이는 잭. 그러다 이내 얼굴을 굳히고는 부단장에게 명을 내렸다.

"죽여!"

그에 고개를 끄덕인 후 곧바로 움직이는 바투티와 5백의 크러쉬 용병단이 둘로 갈라져 아론과 그레이를 향해 쇄도했다. 사실 뭐 쇄도라고 하기도 어쭙잖았다. 그도 그럴 수밖에 없는 것이 두 명 대 5백 명이다.

누가 있어 두 명이 5백 명을 막아낼 것이라고 생각하겠는가? 그러니 잭이 신경질적이고 귀찮아 할 만한 일임에는 분명했다.

'별 거지 같은 것들이……'

라고 생각한 잭. 그것은 부단장인 바투티 역시 마찬가지였다. 그들은 그래서 둘을 빨리 처리하고 한창 몬스터와 싸우고 있을 임페리움 용병단의 배후를 쳐야만 했다. 그런 크러쉬 용병단의 생각을 읽은 아론과 그레이는 그저 피식 웃어버렸다.

그리고 그 둘은 동시에 무기를 뽑아들었다.

순간 아론의 신형이 그들의 눈에서 사라졌다. 그것은 그레이도 마찬가지였다. 아론은 공간의 길을 열어 사라졌고, 그레이는 보통 사람의 눈으로 쫓을 수도 없는 빠른 움직임으로 그들의 시야에서 자라졌다.

투두두둑!

그리고 비명도 없이 마치 여름날 굵은 빗방울이 떨어지듯 용병들의 목이 떨어져 내렸다. 그에 앞을 향해 달리고 있던 잭과 바투티는 눈이 찢어질 듯 부릅떠지고, 입이 주먹이 들어갈 만큼 커다랗게 벌어질 수밖에 없었다.

처음에는 무슨 일인가 했다.

무기를 뽑아들고 앞으로 달려가던 단원들이 갑자기 몸을 멈칫하더니 머리가 투두둑 떨어졌으니까 말이다. 그리고 그것이 자신들의 걸음을 막아 세운 둘에 의해서 발생한 일이라는 것을 알았을 때는 이미 늦었다.

강한 것을 넘어서서 그들의 상상을 초월하는 무력을 지니고 있었다. 감히 쳐다볼 수조차 없을 정도의 강력한 무력의 그들의 눈앞에서 펼쳐졌고, 잭과 바투티는 얼음처럼 굳어져 버렸다.

"어떻게……."

겨우 입을 열어 믿을 수 없는 현실을 부정하려 했다.

"이렇게."

그리고 그 부정하려는 현실은 절대 거짓이 아니라는 듯이 어느새 그 둘의 앞에 두 명의 절대자가 서 있었다. 눈 몇 번 껌뻑거리고 숨 몇 번 들이쉬는 짧은 순간에 5백 명에 이르는 용병들이 죽어버렸다.

그리고 자신들의 목에는 예의 상상할 수조차 없을 정도로 예리하고 서늘함을 전해주는 무기가 닿아 있었다. 살짝 움직이기만 해도 살갗이 베어지고 대동맥이 잘려 나갈 것 같은 무지막지한 무기가 말이다.

"살고 싶나?"

그에 둘은 정신없이 고개를 끄덕일 수밖에 없었다. 원래 타인의 고통을 즐기는 자들은 자신의 죽음과 고통에 예민할 수밖에 없었다.

"이종족을 숨겨 둔 곳은?"

"그건……."

스윽!

'모른다'라고 말하려는 찰라 아론의 날카롭게 벼려진 투박한 대검이 슬쩍 잭의 피부를 파고들었다. 피부만 파고든 것이 아니었다. 어디를 어떻게 건드렸는지 모르지만 상상조차 할 수 없을 정도의 지독한 고통까지 한꺼번에 전해져 왔다.

"끄으윽!"

"아프냐?"

그런 잭의 고통이 즐겁다는 듯이 입을 여는 아론. 그런 그를 이상한 사람처럼 쳐다보는 그레이. 하지만 아론은 그런 그레이의 시선을 싹 무시한 채 다시 물었다.

"장소는?"

"아우슈반츠 백작 가문의 비밀 감옥에 있다."

"그 비밀 감옥을 누가 알지?"

"집사로 있는 에디야 콜트다."

"역시 내통하는 자가 있었군. 어느 상단이지?"

"퀴르텐 상단이다."

너무나도 손쉽게 답을 하는 잭. 그의 악명에 비춰보면 정말 손쉬운 고문이었다. 하지만 그레이는 그것이 결코 간단하지 않다는 것을 알고 있었다. 아론이 잭의 목에 대고 있는 투박한 대검에 마나가 흘러 들어갔고, 그 마나가 심장과 머리에 침투하여 자신의 의지를 속이고 있는 것이었다.

도대체 이게 어떻게 가능하냐고 묻는다면 지금 자신의 눈앞에서 일어난 일이니 무조건 가능한 일이라 할 수 있었다. 물론, 적어도 인피니티 마스터에 오른 이후라야 가능하겠지만 말이다. 그리고 그것도 그냥 느낌상 그렇게 느껴지는 것이지 정말 그런지는 그레이도 확신할 수 없었다.

두 단계나 낮은 자신에게 마나의 흐름을 들킬 정도로 나약한 아론이 아니었으니까 말이다. 어쨌든 살인마라는 무시무시한 별칭을 가지고 있는 잭이라 할지라도 아론의 절묘한 마나 컨트롤에 홀딱 넘어가 물어보면 물어보는 대로 답을 하고 있었다.

그에 바투티는 절대 말을 하지 말라는 듯이 악을 쓰려 했지만 어찌된 영문인지 입이 열리지도 않았고, 몸조차 움직일 수 없었다. 그는 눈을 데굴 굴려 그레이를 바라봤다. 허나, 이내 눈을 내리깔 수밖에 없었다.

감히 그레이와 눈을 마주칠 수 없었기 때문이었다. 그리고 본능적으로 지금 자신의 상태가 바로 자신의 눈앞에서 배틀엑스를 목에 대고 있는 자에 의한 것이라는 것을 느끼고 있었기 때문이었다.

여차하면 단순히 살갗이 베이는 것이 아니라 목이 날아갈 판국이니까 말이다. 딱히 토툰 마을에 충성할 이유도 없고, 비밀을 누설한 것은 자신이 아닌 잭이니까 자신은 어떻게 해서든 위기를 모면할 수 있으니 그것으로 되었다고 계산하고 있는 것이 분명했다.

그 이후로도 아론은 이런저런 질문을 던졌다. 토툰 마을의 세력 판도라든지 아니면 용병단이나 용병대의 수라던지 혹은 토툰 마을을 비호하는 귀족이나 세력이라던지 말이다. 하지만 잭은 토툰 마을에서 그리 중요한 인물이 아니었던지 깊이 있는 내막은 알지 못했다.

"고맙군."

이제 더 이상 나올 것이 없다는 것을 안 아론이 그런 말을 하면서 지체없이 투박한 대검을 횡으로 살짝 움직였다.

툭!

잘려 나간 잭의 목이 힘없이 바닥으로 굴러 떨어졌다. 그에 바투티는 화들짝 놀라며 경기를 일으키려 했으나 불행히도 그의 전신의 그에 의해 통제되는 것이 아닌 그레이에 의해 통제되고 있었다.

"이놈도 죽일까?"

"아니 그놈은 써 먹을 데가 있다."

"그 집사란 놈의 의심을 풀 목적이로군."

"많이 발전했군."

그레이의 말에 미묘하게 입꼬리를 말아 올리며 칭찬 아닌 칭찬을 하는 아론이었다. 그에 그레이는 어깨를 으쓱해 보이며 심드렁하게 입을 열었다.

"당분간은 인간처럼 행동해야겠지. 인간처럼 생각하고 인간처럼 행동해야 하겠지. 그래야 우리 부족의 해방이 더욱더 빨리 당겨지겠지."

"다행이로군. 늦게라도 깨달아서."

"대족장을 너무 얕보는군."

"내 앞에서 그런 말을 하기에는 아직 100년은 멀었다."

"큿. 100년 이내에 네 경지를 넘어선다면 그렇겠지."

"알긴 아는군."

"큭!"

짧은 웃음을 지어보이는 그레이. 그때 아론은 바투티를 바라보며 입을 열었다.

"잘 알 것이다. 우리 둘이 너를 죽이는 것은 파리를 죽이는 것보다 손쉽다는 것을. 네가 어떤 수를 쓰던지 너를 찾아낼 수 있음도."

끄… 덕!

미미하게 목을 움직일 수 있었다.

"잘해야 할 것이다. 목 위에 있는 물건을 지키고 싶으면 말이지."

끄… 덕!

"그럼 움직여라."

끄덕.

바투티는 말없이 움직였다. 이미 그의 목에서는 시퍼렇게 날이 선 배틀엑스가 치워졌으나 그는 결코 아무런 짓도 할 수 없었다.

'아직은 죽기 싫다.'

자신의 보는 눈앞에서 살인마 잭이 힘 한 번 써보지 못하고 죽임을 당했다. 그렇다는 것은 자신 정도는 언제든지 닭 모가지 비틀 듯 쉽게 죽일 수 있다는 것을 의미했다. 바투티 는 실력이 낮고, 자기 마음대로 살아왔지만 그렇다고 눈치까 지 없는 것은 아니었다.

"어?"

"왜?"

"저들이 언제……."

마법사 애덤스가 문득 뒤를 돌아본 후 입을 열었다. 그에 메이저스 역시 뒤를 돌아보다 그대로 굳어졌다.

"어떻게?"

그렇게 반문하면서 재빠르게 시선을 돌려 전투가 벌어지고 있는 곳을 향했다. 그곳에는 아무리 찾아봐도 저 둘의 존재는 없었다. 사람이 각자 두 명일리는 만무했으니까 말이다.

'그런데 왜 저들이 저곳에 있다고 생각한 거지?'

순간 애덤스는 그런 생각을 했다. 그리고 마법사에 걸맞게 그는 곧바로 그 답을 찾아낼 수 있었다.

'너무 강했던 거야. 저 둘이 저기에 없어도 저 둘이 저기에 있는 것처럼 여겨질 정도로 전투를 하고 있는 용병들이 너무 강했던 거야.'

그제야 알 수 있었다.

임페리움 용병대는 그동안 자신이 경험했던 어떤 용병단보다 강하다는 것을 말이다. 그가 그렇게 임페리움 용병대의 실력을 결정지을 때 또 다른 마법사 메이져스는 다른 생각을 하고 있었다.

'어떻게 바투티가 저기 있지.'

이미 그는 콜트 집사로부터 어느 정도 전말을 들어 알고 있었다. 대충 툭 한마디 내뱉었지만 이미 콜트 집사가 노예 상인인 퀴르텐과 그에게 이종족 노예든 인간 노예든 가릴 것 없이 제공하고 있는 잭 용병단장과의 관계를 알고 있었던지라 어렵지 않게 유추할 수 있었다.

그리고 크러쉬 용병단은 이미 이곳 아우슈반츠 백작 가문의 영지에서 유명한 용병단이었다. 단지 아우슈반츠 백작과 그 직계만 모를 뿐이었다. 그러하기에 부단장으로 있는 바투티 역시 익히 알고 있었고, 그가 임페리움 용병대주와 부대주의 앞으로 힘없이 걷고 있는 모습을 보니 본능적으로 무언가 잘못되었다는 것을 알 수 있었다.

'잭. 잭이 없다.'

자세히 보니 잭이 없었다. 잭은 폭급한 성정과 다르게 상당히 치밀한 사람이었다. 그는 부하들을 믿지 않았다. 그래서 웬만큼 중요한 일은 직접 처리했다. 자신들과 접촉하는 것도 역시 그가 직접 처리할 사안임은 분명했다.

그런데 그런 잭이 보이지 않았다. 그리고 너무 조용했다. 바투티의 뒤를 따르는 크러쉬 용병단의 용병들이 전혀 보이지 않았다. 크러쉬 용병단은 2천 명 정도. 그중 잭은 이번에 새롭게 몬스터 토벌 작전에 참여한 바바리안을 눈독 들이고 있었다.

그가 눈독 들인다는 것은 그가 직접 움직인다는 말이었다. 그게 가장 중요한 일이니까 말이다. 절대 부단장을 시킬 그가 아니었다. 그에 불안감이 엄습했다.

"어떻게……."

"그… 렇게 됐수다."

마법사 메이저스의 물음에 통명스럽게 대답을 하는 바투티. 하지만 마법사 애덤스는 별다르게 생각하고 있지 않아 보였다. 그는 애초에 그런 것에는 별로 관심이 없었으니까 말이다.

"그런데 저것을 몬스터의 부산물을 우리에게 팔 거요?"

마법사 애덤스의 관심은 바로 그것이었다. 애초에 마법사 애덤스와 메이저스가 받은 명령이 달랐기 때문에 그들의 관심사는 당연히 다를 수밖에 없었다.

"어떤 몬스터의 부산물을 말하는 거요."

"트롤이나 오거 모두 괜찮소."

"그 이외의 것은?"

"그렇게 크게 필요치는 않소."

"적당한 값이라면 용의도 있소."

"아마 그냥 우리에게 파는 게 나을 거요. 토벌전이 오늘 하루만 있는 것도 아니고 앞으로 한 달 정도는 지속될 것인데 토벌전 내내 부산물을 짊어지고 다닐 수는 없으니 말이오. 특히 트롤의 피 같은 경우는 마법적으로 봉인하지 않으면 그 효용성이 떨어지니."

"가격이 중요하지 않겠소?"

"그야 뭐… 현지이기도 하고, 아우슈반츠 백작 가문의 지원을 받아서 하는 것이기도 하니……."

"지원 받았다는 말을 조금 어폐가 있소만."

아론의 날카로운 지적에 마법사 애덤스는 살짝 호흡을 가다듬었다. 보통 용병단을 이끄는 단장들은 이런 자질구레한 일을 스스로 처리하지 않고, 시세에 밝고, 혀가 매끄러운 자에게 맡긴다.

그런데 이놈의 임페리움 용병대의 대장은 전투에는 참여하지 않고, 마치 산책이라도 나온 듯이 후방에서 모습을 드러내고 있었다. 그것도 편안하게 자신들과 노닥거리면서 말이다. 그러면서도 단 하나도 지고 들어가지는 않았다.

"끄응. 얼마를 원하시오."

"시중가의 8할 정도는 쳐주시오."

"8할? 8할이면 너무 많소. 7할로 합시다."

"8할이어도 그리 큰 손해는 아닐 것이오. 우리도 먹고 살아야 하지 않겠소. 제반 경비를 지원하는 것도 아니고 말이오. 그리고 다친 용병들이 있으면 그들도 치료해야 하고, 사망자라도 나오면 우리는 새로 뽑아서 훈련시켜야 하는데 말이오."

"그건 그쪽 사정이지 않소. 지금까지 단 한 번도 8할을 지급한 적이 없소."

"그럼 어쩔 수 없구려."

"무슨 말이오."

"차라리 트롤의 피는 포기하고 그냥 가죽과 뼈 힘줄만 가지고 가겠다는 말이오."

"아니 그게 무슨 말이오."

"우리도 준비했소."

그러면서 꽤나 두툼해 보이는 배낭을 들어 보였다. 도대체 그것이 어디서 났는지 모를 일이지만 어쨌든 자신들 것과 비교해서 별로 차이가 나 보이지 않아서 살짝 놀라는 애덤스 마법사였다.

"끄응. 7할 5푼."

"8할!"

"7할 7푼. 아니면 없었던 것으로 합시다."

"그럼 없었던 일이군요."

그러면서 걸음을 옮겨버리는 아론이었다. 솔직히 아론이 보여준 것은 그냥 튼튼한 배낭일 뿐이었다. 그에게는 누구도 상상할 수 없는 아공간이 있으니 배짱을 부려도 남는 장사였다. 손해보고 팔수는 없는 법이니까 말이다.

물론, 2할 정도는 손해를 보지만 오거와 트롤은 갈라델 골짜기에만 있는 것은 아니었다. 이곳을 기점으로 차근차근 몬스터의 수를 줄여 나갈 작정이니까. 그러니 2할 정도가 손해라 하더라도 많은 수의 몬스터를 사냥할 수 있으니 오히려 상당한 이문을 남길 수 있었다.

뭐 보통의 용병대나 용병단이라면 목숨을 걸어야 하겠지만 그레이가 이끄는 회색 오크 전사들이라면 그냥 생채기만 걱정하면 될 뿐이었다.

"아, 알겠소. 거 성격하고는 8할로 합시다. 8할!"

그에 아론은 슬쩍 입꼬리를 말아 올리며 입을 열었다.

"진즉 그렇게 나올 것이지. 무슨 그런 거에 심력을 허비하는 거요."

"싸움은 말리고 흥정은 붙이라고 하지 않았소."

"그렇게 말을 하니 마법사라기보다는 마치 상인 같소."

"크흐음."

어쨌든 그렇게 가격까지 정해지자 전투는 이제 막바지에 이르고 있었다. 그에 마법사를 호위하는 기사 조장인 후안 그란델로스가 감탄하듯이 입을 열었다.

"벌써 끝났군."

"그……."

그제야 전투가 끝나가고 있다는 것을 안 두 마법사는 놀란 눈으로 전방을 주시했다.

"허어~"

"놀… 랍군."

정말 놀랐다. 그럴 수밖에 없는 것이 지금까지 이런 용병대는 본 적이 없었다. 분명 저들은 익스퍼트의 기사들이 아니었다. 그런데도 불구하고 트롤과 오거를 너무나도 가볍게 진압하고 있었다.

그것도 한둘이 아닌 350여에 이르는 트롤과 오거를 단 몇 시간 만에 제거해 버린 것이었다.

"꾸어어엉!"

마지막 남은 오거의 거대한 비명 소리가 갈라델 골짜기에 크게 울려 퍼졌다.

"시끄러!"

그에 마지막 오거를 가볍게 목을 쳐버린 호위대장 스카르가 빽 소리를 질렀다. 그때 다시 블랙해머의 목소리가 연달아 들려왔다.

"모두 전장을 정리해라. 오거와 트롤을 따로 분류하고, 기타 잡스러운 몬스터는 한곳에 모은다. 그리고 다친 사… 람?"

사람이라는 말에 이르러서는 살짝 말을 늘이는 블랙해머. 아무리 자신들의 사람 행세를 하고 있기는 하지만 사람이 아닌 것은 분명했기 때문이었다. 그래서 잠시 머뭇거린 것이다.

"없… 습니다."

듣는 회색 오크 전사들도 조금은 이상했는지 말을 늘이다 이내 인정을 하고 답을 했다.

"그럼 바로 실행하도록."

"알겠습니다."

빠르게 명령을 수행하는 회색 오크 전사들. 그러한 그들의 일사불란한 모습에 기사들과 마법사들은 절로 감탄을 터뜨릴 뿐이었다.

"오늘은 여기까지 하지요."

"알겠소."

아직 해가 저물기에는 멀었지만 숲 속의 밤이란 상상 이상으로 빨리 찾아오기 때문에 일찍 숙영지를 만들어야만 했다. 그리고 거의 하루 종일 전투를 하지 않았던가? 이쯤해서 쉬어 줘야 한다.

결정적으로 생각 이상으로 많은 전리품 때문이었다. 사실 마법사들은 어떤 의미에서 감시와 함께 전투를 지켜보는 독전관의 역할도 겸하고 있었다. 그리고 각 방면으로 파견된 마법사들은 그들이 올린 보고에 근거해 실적을 평가받는다.

하루 만에 350여의 오거와 트롤이다. 이만하면 거의 압도적이라 할 수 있었다. 아니 앞으로 사냥을 한 번도 하지 않아도될 만큼의 실적이라 할 수 있었다. 그러니 아론의 의견에 동의하지 않을 이유가 없었던 것이다.

그렇게 하루가 마무리 되고 큰 칭찬을 받으며 보고를 완료한 마법사들과 기사들이 편안한 휴식을 취할 동안 아론과 그레이, 그리고 블랙해머와 각 중대장이 은밀하게 회동을 하고있었다.

"그러면 두 분만이 움직인다는 말씀입니까?"

"더 많으면 오히려 방해가 되니까."

"저들이 의심하지 않겠습니까?"

"뭐 오늘도 그들은 별로 우리에게 신경 쓰지 않았고, 날이밝기 전에 돌아올 것이니 그리 큰 걱정을 하지 않아도 돼."

"알겠습니다."

곧바로 수긍하는 블랙해머와 중대장들이었다. 그들이 아무런 일도 없었다는 듯이 제자리로 돌아가고, 아론과 그레이는으슥한 곳을 찾아 움직였다. 애초에 그들이 속이려 한다면 마스터조차 그들의 움직임을 찾을 수 없기는 했다.

숙영지로부터 멀어진 후 아룬은 그레이와 함께 공간 이동을 시도했고, 그들이 모습을 드러낸 곳은 바로 잭이 말 했던아우슈반츠 백작 가문의 영주성이 있는 곳이었다.

"흐음. 먼저 콜트 집사를 찾아야 하는 것 아닌가?"

"그래야겠지."

"쉽게 비밀 감옥을 발설할지 의문이로군."

"어떻게 해서든 열게 해야 하겠지. 우리에게는 그리 많은 시간이 있는 것이 아니니까."

"그도 그렇군. 그럼 이번에도 공간 이동을 할 것인가?"

"아니. 콜트 집사의 처소를 모르니 공간 이동을 할 수는 없겠지."

"그렇군. 그럼 바로 이동할 것인가?"

"그래야지."

"그럼 가자고."

"그러지."

　　　　　*　　　　　*　　　　　*

"후우~"

모두가 깊은 밤.

아우슈반츠 백작 가문 내의 깊숙한 곳에서 한 명의 중년의 사내가 잠 못 이룬 밤을 지새우고 있었다. 그는 한 손에 술을 든 채 답답하다는 듯이 밖이 훤히 내다보이는 창 앞에서 서성거리고 있었다.

'도대체 이 불안감은 뭐지?'

일렁이는 불빛과 창백하고 강퍅해 보이는 사내의 얼굴이 묘하게 음험하고 불안한 느낌을 주고 전해주고 있었다. 그는 다름 아닌 아우슈반츠 백작 가문의 대소사를 다루는 몇 명의 집사 중 한 명인 에디야 콜트 집사였다.

그는 아까부터 잠을 이루지 못하고 안절부절하면서 술을 조금씩 마시며 침실 안을 서성거리고 있었다. 모든 일은 잘 흘러가고 있었다. 결코 나쁜 일은 없었다. 그런데도 심장을 옥죄는 이 기분, 나쁜 느낌은 대체 뭔지 알 수 없었다.

그래서 이렇게 서성이고 있었다. 그러다 길게 한숨을 내쉰 후 들고 있던 술잔을 탁자에 내려놓고 침실을 나섰다. 한창 더운 때가 지나가고 어느새 선선해진 바람이 불어와 잠깐의 근심을 덜어내어 주고 있었다.

그는 잠시 크게 한숨을 내쉬며 어두운 하늘을 바라보더니 이내 걸음을 옮기기 시작했다. 그저 어떤 목적을 가지고 가는 것이 아닌 심사를 달랠 목적으로 걷는 그런 느긋한 걸음이었다. 하지만 이내 걸음이 빨라지기 시작했고, 종내에는 뛰듯이 걸음을 옮겼다.

그러다 어느 한적한 곳.

평소 백작 가문의 사람들조차 잘 가지 않은 어둡고 음습한 곳에 도착해 있었다. 그가 그곳에 다가가자 마치 기다렸다는 듯이 한 명의 기사가 두 명의 병사들을 대동한 채 그를 마중 나왔다.

"이 늦은 시간에 어인 일이십니까?"

"아. 뭐… 잠도 오지 않고 겸사겸사 해서 들른 것이 신경 쓰지 말게."

"아! 그렇습니까?"

손을 휘휘 저으며 안으로 들어갔다. 그런 콜트 집사의 뒷모습을 무심하게 바라보는 기사. 그러고는 이내 원래의 자리로 돌아갔다. 그와 함께 어느새 정적이 감도는 곳. 아무도 없을 것 같은 그곳이었음에도 불구하고 전혀 없지는 않았다.

기사와 콜트 집사의 대화를 아주 선명하게 듣고, 어둠 속에서도 그들의 모습을 지켜보고 있는 눈동자가 있었으니 바로 아론과 그레이였다.

"대단하군."

"뭐가 말인가?"

원래는 그레이는 아론에게 용병대의 대장으로서 아론을 대해야 했지만 아론이 그런 허례허식을 좋아하는 것도 아니고, 공적인 자리가 아닌 이상 그런 것을 강요하지는 않았다. 그리고 이미 다른 종족이 아닌 같은 용병대의 대원이라는 개념이라서 그런지는 몰라도 브라이언의 말을 받아들이면서도 용병대 내에서는 경직된 조직 체계를 강요하지는 않았다.

물론, 브라이언은 그런 것은 별로 좋지 못하고 미리 체계를 갖춰야만 한다고 했지만, 그런 것은 전투가 있을 때 충분히 가능한 데다 평소 훈련은 충분히 그런 체계를 따르고 있다고 하여 굳이 강요하지는 않았다.

결국 브라이언은 양손, 양발 들고서 훈련이라도 그렇게 시키겠다고 했고, 아론은 받아들였다. 물론, 그것이 어느 정도까지 받아들여지고 행해질지는 모르겠지만 지금까지 그런 체계와 훈련을 잘 지켜지고 있었다.

어쨌든 그 둘은 어둠 속에서 기사와 콜트 집사가 들어간 곳을 바라봤다.

"상당히 교묘하게 숨겨져 있었군."

"그럴 수밖에 없겠지. 가주도 모르는 곳에서 누군가와 작당해서 하는 일. 결코 대영주로서 노블레스 오블리주에 부합한다고 할 수는 없으니까."

"무슨 말인지 모르겠군."

"간단하게 전사로서 노예를 잡고 팔아넘기는 부정된 짓을 하겠나?"

"그건… 그렇군."

그제야 완벽하게 이해하는 그레이. 전사로서 명예롭지 못한 일은 절대 할 수 없는 일임에 분명했다. 인간 귀족이라면 오크 종족의 전사와 같은 명예를 아는 자. 그렇다면 절대 있을 수 없는 일이다.

"아마도 백작 가문 내에서도 저자, 그러니까 콜트 집사 단독으로 이런 일을 도모할 수는 없겠지."

"그 말은 저자의 뒤를 봐 주는 세력이 있다는 것인가?"

"아무리 백작 가문의 집사라고는 하지만 기사가 함부로 머리를 숙일 정도라고 생각하나?"

"그것… 역시 아니군."

"그래. 그렇다면 백작 가문의 누군가와 연결되어 있을 것이고, 또 그자는 또 누군가와 연결되어 있겠지."

"결국 상당한 세력을 형성하고 있다는 말이 되겠군."

"제국에서 법으로 금지된 일이네. 그런 일을 행하고 있는 자가 그리 간단한 세력일 리는 없지."

"그렇군. 그러면… 일이 커지겠군."

"어쩌면 제국 전체와 싸워야 할지도 모를 일이지."

"그렇게나?"

"이것은 비단 우리만의 일이 아니니까. 확대 해석하자면 이곳은 이종족과 인간족과의 싸움이라고 할 수 있을 테니까."

"그… 런가?"

"모든 일은 하나로만 존재하지 않는다. 하다못해 나비의 날갯짓 하나가 태풍이 되어 거대한 자연을 파괴할 수도 있는 법이다."

"모든 일에는 원인과 결과가 있다는 말인가?"

"그래. 그리고 그 원인에는 반드시 조건이 있고, 그 조건에는 상상할 수조차 없을 인과관계가 얽혀 있다는 것이겠지."

"결국 종족 전쟁이 될 수도 있다는 말이로군."

"크게 보자면······."

"그렇군."

그들의 대화는 결코 간단한 것이 아니었다. 어쩌면 이 제국 혹은 인간족과 이종족이 극단으로 치달을 수 있는 일이었다. 이 대륙인 통째로 피비린내 나는 전쟁 속으로 빠져들 수 있는 그런 대화라 할 수 있었다.

"어떻게 해야 하는가?"

"뭘 말인가?"

"우리 종족은 어찌해야 한단 말인가?"

"하던 대로······."

"하던 대로?"

"종족을 통합하고 맞서야겠지."

"그렇군."

너무 간단한 대화였지만 그들의 대화는 실로 간단치 않았다. 하지만 아론의 평온한 표정과는 달리 그레이의 표정은 결코 밝지 못했다.

"내가 과연 할 수 있을 것 같은가?"

"너의 휘하에 있는 전사들의 수가 벌써 3천이다."

"하지만 오크 족 전사의 수는 십만이 넘는다. 거기에 드렉타스를 추종하는 자들의 정복 전쟁으로 흡수한 타 종족과 오크 족의 수는 그야말로 백만을 상회할 것이다."

"왜, 자신이 없나?"

"자신과는 무관한 일이다."

"그런가? 하지만 하지 않으면 안 될 일이다. 유사 종족 오크 족이 아닌 몬스터 오크로서 영원히 살아가고 싶지 않다면 말이다."

"……"

아론의 말에 대답을 하지 않는 그레이. 그는 지금 이 순간 많은 고민을 하고 있음이 분명했다. 이제 겨우 3천의 수하들. 하지만 상대는 백만을 상회할 정도의 엄청난 병력. 그리고 어둠의 주술에 의해 강화된 전사들까지 한다면 절대 쉽지 않았다.

그에 그의 어깨를 툭툭 치며 입을 열었다.

"정예화하면 된다. 모든 이들이 그들과 동조하지는 않을 것이다. 물론, 드렉트사와 그를 지지하는 대주술사 골쿤을 암중에 조종하는 인간족 마법사를 찾아내야 하겠지만 말이다."

그레이는 아론과 대화하면서 결코 쉽지 않은 일에 자신이 휘말려 든 것이라 생각할 수 있었다. 처음에는 그저 단순히 자신의 부족을 되찾기 위해서 저항했다. 하지만 일은 자신의 생각처럼 그리 간단하게 흘러가지 않았다.

너무 거대해진 상황에 그 역시 잠시 망설여지는 것은 당연했다. 그에 그는 자신의 목 언저리밖에 오지 않는 아론을 바라봤다. 자신보다 나약해보였다. 하지만 그는 결코 나약하지 않았다. 무력이든 정신력이든.

그는 지금 세상을 한 부조리에 정면으로 맞서려 하고 있었다. 아무것도 없는 것에서 용병대를 만들어 용병대장의 위치에 있고 플람베르 가문의 전적인 지원을 받고 있었으며, 플랑드르를 임페리움 용병대의 영역으로 삼고 있었다.

'어쩌면 이자라면 가능할지도.'

'어쩌면'이라는 단서가 붙기는 하지만, 그 '어쩌면'이라는 단어가 조만간 사라질 것 같은 느낌이 들었다. 그는 크게 숨을 들이쉰 후 입을 열었다.

"지금 바로 들어갈 텐가?"

"뭐 여기서 무슨 짓을 해도 외부에서 도움을 줄 이들은 없을 테니까."

"그렇군. 그럼 바로 들어가도록 하지."

그들이 어둠 속으로 녹아들 때 콜트 집사는 은밀하게 만들어진 노예 감옥을 바라봤다. 고만고만한 철창 안에 제대로 씻지도 않은 이종족 노예들이 가득 들어차 있었다. 그런 그들을 보며 콜트 집사는 나직한 한숨을 토해냄과 동시에 입꼬리를 기이하게 말아 올렸다.

'불안은 무슨……'

이들을 보니 이제야 마음에 놓였다. 아무런 불안이란 없을 것이다. 이곳은 그야말로 숨겨진 보물의 방이었으니까. 그는 자신을 힘없고, 절망적인 눈동자로 바라보고 있는 이종족 노예들을 보며 자신감이 차올랐다.

그곳에 있는 이종족은 어른, 아이 할 것 없이 모두 모여 있었다. 그런 그들을 훑고 지나가는 와중에.

"이노오옴!"

철창을 움켜쥐며 격하게 반응하는 이가 있었다. 바로 이종족 중에 전사 계급에 해당하는 이들을 따로 마련한 곳에 들어섰기 때문이었다. 힘없는 노약자는 어린 아이 혹은 여성체들과 달리 전사들은 여전히 과격했다.

그들의 손에 마나를 다루는 족쇄와 수갑을 채우기는 했지만 그 기세가 줄어들 기미는 보이지 않았다. 그에 살짝 놀란 표정을 지어보이는 콜트 집사. 그때 간수장으로 있는 이가 길쭉한 무언가로 그를 위협하는 이종족을 거칠게 찔러댔다.

"크으윽! 주, 죽인다. 죽이고 만다."

그러면서도 여전히 기세를 죽이지 않고 있는 이종족의 전사. 그런 이종족의 전사를 보며 살짝 놀라고 당황했던 얼굴을 지우며 입가에 서늘하고 경멸에 찬 미소를 떠올리는 콜트 집사. 그는 그 전사를 쏘아보며 허리를 굽혔다.

"주제를 알아라. 너는 노예일 뿐, 전사가 아니란다."

"크르르르"

날카롭게 송곳니를 드러내 보이는 이종족 전사. 그런 이종족 전사를 재미있다는 듯이 직시하다 허리를 펴며 다시 입술을 움직이는 콜트 집사.

"이놈, 굶겨."

"알겠습니다."

반문은 없었다. 이런 일이 비일비재하다는 듯이 당연하게 받아들이고 있었다.

"그래. 조금 더 들어가 보지."

"알겠습니다."

그런 그를 수행하는 간수. 평화로웠다. 불안감을 주는 일은 단 하나도 일어나지 않았다. 감옥은 잘 운영되고 있었고, 노예들은 언제나와 같이 이빨을 드러내며 적대감을 보였다. 하지만 그럼에도 불구하고 여전히 불안감은 가시지 않았다.

애써 그 불안감을 없애고 있기는 했지만 그렇게 한다고 없어지지는 않았다. 단지 희석되었고, 지금의 상황에 자신을 안주시킬 뿐이었다. 그가 그렇게 제왕처럼 비밀 감옥을 돌아보는 동안 아론과 그레이는 은밀하게 움직이기 시작했다.

스각!

"헉!"

"……!"

미세한 소음과 함께 비명조차 지르지 못하고 목을 부여잡고 쓰러지는 기사들과 병사들. 그들은 지금 자신이 왜 죽어야 하는지 몰랐다. 아론과 그레이는 병사와 기사들을 모두 죽이기로 작정했다.

이미 바투티를 심문해서 이곳을 지키고 있는 기사들과 병사들이 정규 병사와 기사가 아님을 알고 있기 때문이었다. 그들은 과거 죄를 지은 자들이거나 도망자들이었다. 흉악한 범죄자들과 다르지 않은 이들이라 할 수 있었다.

그러하기에 망설이지 않고, 그들이 목을 잘라낼 수 있었던 것이었다. 어차피 사라질 놈들인데 굳이 죄스러운 마음을 가질 필요는 없었다. 애초에 적으로 판명된 그들에게 손속에 사정을 둘 생각도 없었고 말이다.

어쨌든 그 둘의 움직임은 그 누구도 잡아낼 수 없었다. 이미 그레이트 마스터이고 인피니티 마스터인 그들이었다. 소드 마스터가 있다 해도 그들의 움직임을 잡아낸다는 것은 불가능했으니 마스터도 아닌 이들이 그들의 움직임을 잡아낼 리는 만무했다.

그들의 생각에 이종족 노예를 구하는 것도 중요했지만 이들이 배후와 함께 이곳에 있는 도움 안 되는 이들을 모두 제거하는 것도 당연히 해야 할 일이었다. 한 지역의 기반을 완벽하게 제거한다면 그것보다 더 좋은 일은 없으니까 말이다.

어쨌든 그들은 그들이 할 수 있는 모든 것을 해야만 했다. 은밀하다고 하지만 은밀함을 부정할 정도의 속도는 상상을 초월하고 있었다. 소리도 흔적도 없었다. 순식간에 비밀 감옥의 외곽을 정리한 그들은 빠르게 안으로 치고 들어갔다.

그리고 아론은 노예들이 수감되어 있는 감옥 안으로 그레이는 이 비밀 감옥을 지키기 위해 투입된 병력들과 기사들이 머물고 있는 숙소로 향했다.

끼이익!

문이 열렸다.

"누구냐?"

숙소 안에 있던 기사는 본능적으로 시선을 돌려 문 쪽을 바라봤다.

"나다."

"누구?"

너무나도 평온한 말에 기사는 누군지 몰라 눈을 가늘게 떠 문을 열고 들어온 자의 모습을 눈으로 확인코자 했다. 하지만 알 수 없었다.

"어이! 누구 신입 아는 놈 있어?"

"신입?"

"뭔 소리야? 언제 신입이 들어왔다고 그래?"

"근데 저놈은 대체 뭐지?"

라고 하면서 문 쪽을 바라보던 기사든 순간 입을 벌리며 외쳤다.

"적이다."

단정적으로 외치는 기사. 그가 본 것은 양손에 거대한 배틀 엑스를 그러쥔 채 안으로 들어서고 있는 자를 바라볼 뿐이었다. 자신이 아는 한도 내에서 이곳에 있는 기사 중 저런 거대한 기사는 없었고, 이곳을 방문하는 기사들 역시 저와 같은 기세를 뿜어내는 기사는 역시 없었다.

그에 본능적으로 외친 것이다.

'아무도 모른다. 나 또한 모른다. 그렇다면?'

그것은 직감이 아니라 확신이라 할 수 있었다. 나쁜 놈들은 자신의 목숨에 걸린 일에는 지극히 빠르게 대응한다. 생존 본능은 그 누구보다 강하니까. 그에 제멋대로 널브러져 있던 기사들이 눈부시게 빠른 행동을 무기를 그러쥐고 들어오는 적을 향해 무기를 휘둘렀다.

"이런 썅!"

"여기 어디라고!"

"어떤 간뎅이 부은 새끼가……."

그들은 각자 불신에 가까운 외침을 지르며 달려들었다. 그런 그들을 바라보며 흰 이를 드러내며 웃는 자. 하지만 그 웃음 속에서는 아래에서 위로 삐죽 솟아 있는 날카로운 송곳니가 드러나 있었다.

마법으로 만들어진 인피 면구였지만 모든 것을 숨겨주지는 않았다. 아래에서 위로 솟아오른 송곳니는 마나를 이용해 스스로 감춰야만 했다. 그리고 아래에서 위로 솟아난 생각보다 큰 송곳니를 가진 종족은 흔치 않았다.

그는 바로 아론과 헤어진 그레이였다.

그는 서늘한 미소를 떠올린 후 양손에 쥐고 있는 배틀엑스를 기이하게 교차시키면서 날려 보냈다.

콰콰콰콱!

석조 건물과 부딪히면서 돌가루가 눈을 가릴 정도로 날렸고, 배틀엑스와 부딪힌 벽면은 깊은 골이 파이며 균열이 일어났다. 그러면서 날아오는 기사들을 향해 살기를 쏘아내고 있었다.

우르르릉!

"이, 이런 미친……."

숙소가 흔들렸다.

그에 다급해진 기사들.

그리고.

"크아아악!"

"으아아악!"

수십의 처절한 비명이 숙소에 울려 퍼졌다. 그리고 세 개의 숙소에서 쉬고 있던 기사들이 뛰쳐나오기 시작했다. 순식간에 수십의 기사를 죽여 버린 그레이는 돌아오는 두 자루의 배틀엑스를 잡고 다시 위에서 아래로 내려찍었다.

콰콰콱!

쩌적! 쩌억!

"무, 무너진다!"

"피, 피햇!"

기사들은 볼 수 있었다.

단단하기 그지없는 막사에 균열이 생겼고, 금방이라도 허물어질 듯이 흔들리고 있음을 말이다. 그리고 그들은 지체 없이 막사의 창문을 박차고 밖으로 뛰어 나갔다.

그리고

우르르르!

콰드드득!

막사가 무너져 내렸다.

미처 피하지 못한 기사들은 비명을 질렀고, 순식간에 석조 건물이 무너지면서 회색의 먼지 구름이 일어났다.

"뭐야?"

"무슨 일이야?"

영문을 모른 채 밖으로 튀어 나온 기사들은 각자 외쳤고, 그들은 입을 딱 벌린 채 무너지고 있는 막사를 바라봤다. 그리고 막사에 튀어 나온 기사들 역시 마찬가지였고 말이다. 그러는 동안 세상을 가득 채운 먼지 구름이 가라앉았고, 그 먼지 구름 속에서 한 명의 거대한 체구를 지닌 자가 서서히 모습을 드러냈다.

"저, 저건……."

"침입자다!"

"죽여!"

정신을 차린 기사들은 원인을 파악할 필요조차 없다는 듯이 곧바로 명령을 내렸다. 그들이 다시 그레이를 향해 득달같이 달려들었다.

파아악!

그 순간 가라앉는 먼지 구름 속에서 다시 두 개의 빛이 치솟아 올랐고, 그 빛은 다시 수십 개의 빛으로 나눠지며 그를 향해 날아드는 날파리들을 한꺼번에 처리해 버렸다.

"크아아악!"

마치 합창을 하듯이 동시에 비명을 지르는 기사들. 그런 기사들을 멍하게 바라보는 기사들.

"네놈은 누구냐?"

솔직히 물어볼 필요조차 없었다. 무단으로 난입해 건물을 무너뜨리고 동료를 죽인 이상 무슨 말이 필요하겠는가? 누구냐 묻는 질문은 주변 기사들에 정신을 깨우는 효과가 있었다. 멍하게 그 모습을 지켜보던 기사들이 정신을 차렸고, 병사들이 막사에서 우르르 쏟아져 나온 것이었다.

그제야 그레이는 목을 좌우로 꺾으며 주변을 한 번 훑어본 후 입을 열었다.

"이래야 조금 할 맛이 나지."

그러면서 다시 불문곡직하고 움직이기 시작했다. 말이 필요 없었다. 이들은 살려둘 필요조차 없는 이들이었다. 사람 죽이는 것을 밥 먹듯이 하는 놈들이었고, 결정적으로 이종족을 사냥하고 그들을 노예로 부리는데 일조한 이들 아닌가?

지금의 상황이 어떻든 간에 지은 죄를 묻지 않는다는 것은 과거 그들의 행적을 그대로 인정한다는 것이니까 말이다. 그리고 깨어난 기사들 역시 마찬가지였다. 불문곡직하고 자신의 목숨을 노리는 자에게 무엇을 물어본다는 것 자체가 말이 안 되는 행동이었으니까.

CHAPTER 7

이종족 Ⅱ

　그레이는 자신을 둘러싸고 있는 수많은 기사와 병사들 사이로 뛰어들었다. 하지만 그는 전혀 두려워하지 않았고, 오히려 두려움을 느끼는 이들은 기사들과 병사들이었다. 그들이 아무리 많다 해도 그레이 앞에서는 그저 순한 양일 뿐이었다.

　그리고 또 다른 재앙이 있었으니 바로 아론이었다. 그나마 그레이는 뭔가 실체가 보인다. 하지만 아론은 전혀 실체조차 볼 수 없었다. 공간의 길을 열고 움직임에 따라 수십, 수백의 목이 거의 동시에 떨어져 내리고 있었다.

철컹! 철컹!

끼이이익!

동시에 이종족을 가둬뒀던 철창이 열리기 시작했다. 어리둥절하기는 갇혀 있는 이종족들 역시 마찬가지였다. 아니 어리둥절하기보다는 지금의 상황을 제대로 인식하지 못해 그저 멍하게 있을 뿐이었다.

상황을 인식하기에는 시각과 후각을 받아들여 그것을 완전히 내 것으로 재생산해 내야 하는데 지금은 마치 이성이 마비되어버린 듯이 어떤 행동도 할 수 없었다.

'왜 갑자기 죽지?'

'문은 왜 열리고?'

'도대체……'

그들이 생각하기 시작한 시간은 잠깐의 시간이 지난 이후였다. 그제야 그들은 지금 상황이 뭔가 이상하게 돌아가고 있음을 알고, 철창 밖의 상황을 주시했다. 하지만 아무것도 보이지 않았다.

단지 간수들이 죽어가는 것이 보일 뿐이었다. 그리고 밖으로 나갈 수도 없었다. 간수들이 죽어가고 있기는 하지만 아직까지 그들에게 이 공간은 두려운 공간이었고, 간수들은 두려운 존재들이었다.

그래서 그들은 움직일 수 없었다. 철창의 문이 열렸음에도 불구하고 말이다. 하지만 그 와중에 용기를 가진 자가 있었다. 그들은 바로 이종족에서 부족이나 종족을 지켜야만 하는 전사들의 위치에 있던 이들이었다.

물론, 그들이 제대로 힘을 쓰지 못하게 하기 위해 무력화 제어를 사용하기는 했지만 그렇다 하더라도 전사들을 완벽하게 제어하지는 못했다. 그래서 조금 더 두텁고 강력한 철창을 준비했고, 손과 발에는 족쇄를 채워 제대로 움직이지 못하게 했다.

따앙!

그리고 그런 그들의 족쇄와 수갑을 아주 가벼운 소리를 내며 잘라내는 소리가 들려왔고, 그들은 손과 발은 이내 자유를 되찾을 수 있었다. 그리고 그들의 앞에 간수들이 들고 있던 각종 무기가 떨어져 내렸다.

처음엔 전사들도 어리둥절해하며 주변의 눈치를 볼 수밖에 없었다. 하지만 보이지 않는 존재가 정확하게 간수들과 자신들을 여기에 억압하기 위해 존재하는 모든 이들을 죽이는 모습에 용기를 내어 떨어진 무기를 주워들었다.

그때 감옥의 저 안쪽에서 울부짖는 소리가 들려왔다.

"누구냐! 나와라! 나와!"

콰앙! 콰아앙!

이 비밀 감옥의 간수장으로 있는 자.

평소 이 비밀 감옥 안에서는 황제도 부럽지 않을 막강한 권력을 휘두르고 있었다. 그런 그가 지금 처참한 모습으로 묵직한 모닝스타를 마구잡이로 휘두르고 있었다.

퍼억!

"끄윽!"

모닝스타를 휘두르다 옆구리를 부여잡고 튕겨져 나가는 간수장. 그는 형편없이 굴러 간수장의 개인 사무실에 쓰레기처럼 구겨졌다. 그의 모습은 한마디로 낭패 그 자체였다. 여기저기 깨지고 갈라져 피범벅이 된 상태였다.

"후악! 후악! 나와! 이 새끼야."

그럼에도 그의 기세는 줄어들지 않았다. 하지만 그의 얼굴은 두려움에 잘게 떨리고 있었다. 그때 그가 바라보는 곳으로 공간이 일그러지기 시작했다. 그리고 안전한 인간의 형상을 하고 그의 귓가에 들려오는 소리가 있었다.

"나왔다."

"그……"

나오란다고 설마 진짜 나올 줄은 몰랐다. 나오면 상상조차 할 수 없을 정도의 욕을 날려줄 것이라고 생각했다. 하지만 막상 나오고 나니 할 말이 없었다. 그저 멍하게 그를 바라볼 뿐이었다.

그런 간수장을 시큰둥하게 바라본 아론이 투박한 대검을

휘둘렀다.

"어… 어……."

간수장은 그저 그 말밖에 내뱉을 게 없었다. 그가 더 이상의 단어를 내뱉으려 할 때 이마 아론의 투박한 대검의 그의 목을 스쳐 지나가고 난 이후였기 때문이었다.

"너무 쉽게 죽였나?"

아론은 나직하게 말을 하며 뒤로 돌아섰다.

우뚝.

그러다 걸음을 멈춰 세웠다.

"아! 아직 한 가지 남았네."

그가 바라보는 곳.

그곳에는 아랫도리에 누런 액체를 쏟아내며 벌벌 떨고 있는 한 사람이 있었다. 바로 아우슈반츠 백작 가문의 열 명이 넘어가는 집사 중의 한 명인 에디야 콜트였다. 그를 바라본 아론은 거침없이 그에게 다가갔다.

"오, 오지마… 오지 말란 말이다!"

애원하듯이 울먹이면서 연신 뒤로 물러나려 하는 에디야 콜트. 하지만 그의 등 뒤는 벽이었다. 더 이상 물러날 곳조차 없었다. 아론은 말없이 그에게로 다가가 마치 실수라도 했다는 듯이 발로 물러나려는 에디야 콜트의 발을 지그시 눌러 밟았다.

뿌드득!

"끄으아아악!"

발뼈가 부러지는 소리가 들려왔다.

"이런, 실수했군."

마치 실수했다는 양 말을 하는 아론. 하지만 그의 얼굴은 전혀 실수해서 미안하다는 느낌이 드는 얼굴이 아니었다. 마치 과거 자신이 이종족의 노예들을 보며 떠올렸던 것과 똑같은 얼굴을 하고 있었기에 너무나도 잘 아는 그런 얼굴이었다.

"도, 도대체… 왜?"

"왜기는. 제국에서 불법으로 정한 일을 하고 있으니 그렇지."

아론의 말에 눈을 반짝 빛내는 콜트 집사.

"제국에서 나온 것이냐?"

"아니?"

"그럼."

"그냥 지나가다 들렀어."

참으로 말도 안 되는 소리를 너무나도 쉽게 주절거리는 아론이었다. 발뼈가 부서지는 고통 속에서도 콜트 집사는 분노가 치밀어 올랐다. 어디서 말도 안 되는 수작이란 말인가?

"어느 쪽이냐?"

"뭐가 말이냐?"

"대공자? 아니면 파월 상단? 혹은 베르하엘, 우즈바드, 크레센트 상단인가?"

"많기도 하군."

그러면서 지긋이 발을 밟았다.

"끄으윽!"

나직한 신음이 흘러나왔다. 하지만 이전과 같이 겁에 질려 하지는 않았다. 왜냐하면 지금은 맹목적으로 두려워할 이유가 없었기 때문이었다. 피에 굶주린 자라면 어떤 형태로든지 자신을 죽일 것이다.

자신의 고통스러운 모습을 즐기면서 말이다. 하지만 지금까지 자신이 댄 상단 중에 한 곳에서 파견 나오거나 혹은 대공자 측의 사람이라면 협상의 여지가 충분히 있기 때문이었다. 살아날 수 있다는 희망을 가지는 것과 살아날 수 없다는 절망을 대하는 것은 전혀 다른 문제였다.

그리고 지금 콜트 집사는 살아남을 수 있다는 희망을 가지고 있었다.

"혀, 협상하자."

"호오~ 협상이라."

그러면서 체중을 실어 발을 밟는 와중에도 무릎을 굽혀 그의 얼굴 앞에 자신을 얼굴을 들이 밀었다.

"무엇을 걸고?"

"퀴… 퀴르텐 상단의 비밀 지부를 알고 이… 있다."

"약한데……."

아론은 별로 대화할 생각이 없다는 듯이 입을 열었다.

"뭐, 뭐를 원하나. 돈? 돈이라면 평생 쓰고 남을 정도로 줄 수 있다."

"글쎄에……."

볼을 긁적이며 입을 여는 아론. 그러다 다시 입을 열었다.

"퀘르텐 상단의 모든 것을 알려주면 살려줄 수도 있지."

아론의 말에 마른 침을 삼키고야 만 콜트 집사.

"그, 그건……."

"안 되면 어쩔 수 없고."

그리고 시선을 다른 곳으로 돌리며 일어나는 아론. 그때 콜트 집사의 눈이 악독하게 빛이 났다. 그의 소매에서는 날카로운 단검이 차가운 빛을 뿌리며 모습을 드러냈다. 그것을 아는지 모르는지 아론은 그에게 전혀 신경을 쓰지 않고, 책상과 금고 혹은 이곳저곳을 뒤지기 시작했다.

하지만 결코 콜트 집사로부터 멀지 않은 곳이었다. 아론은 콜트 집사를 완전히 잊어버린 듯 다른 일에 집중하고 있었다. 그때 슬금슬금 그의 뒤로 조심스럽게 다가가는 콜트 집사. 그리고 아론과 어느 정도 간격이 되었다 싶었는지 검을 완전히 손아귀에 쥐었다.

"죽엇!"

그 소리를 내며 아론의 목뒤를 찔러 들어가는 콜트 집사. 그에 콜트 집사는 자신의 기습은 완벽했다는 것을 느낄 수 있었다. 지금의 공격은 훈련받은 기사라 할지라도 섣불리 피해 낼 수 없었다.

'거기에 이 단검에는 치명적인 독이 발라져 있지.'

그래서 그는 비열한 웃음을 지을 수 있었다. 발등은 아작이 났지만 그런 것쯤이야 많은 돈을 들이면 완벽하게 고칠 수 있었다. 돈이면 못하는 것이 없으니 말이다. 그런데 손에서 전해져 오는 느낌은 전혀 없었다.

'뭐지?'

순간 그는 당황했다. 이것이 무슨 상황인지 이해하지 못한 것이었다.

따앙!

그리고 들려오는 소리. 그에 콜트 집사는 자신의 독이 발려진 단검이 향한 곳을 바라봤다. 그곳에는 아무것도 없었다. 자신의 독이 발려진 단검은 애꿎은 돌바닥을 내려치고 있었다. 어찌나 세게 부딪혔던지 손목이 아릿하게 저려올 정도였다.

그는 불편한 몸으로 빠르게 고개를 돌려 주변을 살폈고, 이내 절망적인 얼굴을 할 수밖에 없었다. 어느새 아론은 자신을 무심하게 내려다보고 있었다.

"그……."

그때 아론의 두툼한 손이 콜트 집사의 머리카락을 움켜쥐었다.

"아악!"

콜트 집사는 자신도 모르게 독이 묻은 단검을 버리고 자신의 머리를 쥐고 있는 아론의 손을 움켜쥐었다. 단순히 머리를 움켜쥐었을 뿐인데 전신 곳곳으로 치달리고 있는 고통이 그의 전신을 오그라들게 만들고 있었다.

콜트 집사의 머리를 움켜쥔 아론은 그를 질질 끌며 밖으로 나갔다. 그때 그의 앞길을 막아서는 자가 있었는데, 다름 아닌 아론에 의해 풀려난 이종족의 전사들이었다. 그중 앞으로 나선 자가 세 명이 있었는데 은발에 홀쭉한 자와 붉게 타오르는 머리에 팔뚝 하나가 일반 여성의 허리만 한 자, 그리고 날카로운 송곳니와 길게 자란 손톱을 가진 자가 서 있었다.

"당신인가?"

"음."

그러면서 그들의 뒤를 바라보는 아론. 그쪽에서는 이미 진득한 피 냄새가 흘러나오고 있었다.

"우선 고맙다는 말을 하고 싶군."

은발에 홀쭉한 자가 먼저 입을 열었다. 하지만 그 옆에 있는 두 명의 존재들은 그런 은발의 홀쭉한 자의 말을 별로 탐탁하게 여기지 않는 듯싶었다.

"그렇게 당하고도 인간에게 그런 말이 나오나?"

날카로운 송곳니와 피가 뚝뚝 떨어지는 길게 자란 손톱을 가진 자가 으르렁거리면서 따져 물었다. 하지만 함부로 앞으로 나서지는 않았다.

"일단은 우리를 살렸으니 고맙다는 말을 해야 하지 않겠나? 우리도 똑같이 한다면 저들과 다를 게 뭐 있나?"

"그건……."

작달막하고 두툼한 근육을 가졌으며 민머리에 붉은 수염을 배꼽까지 늘어뜨린 자가 무슨 말을 하려 했다.

"나는 은빛 호수 엘프 일족의 전사 투리바스라고 한다."

먼저 소개를 한 엘프의 말에 인상을 잔뜩 구긴 채 입을 여는 붉은 수염을 가진 자.

"붉은 강철 일족의 전사 우르드다."

"샤이칸 일족의 전사 멜가스다."

"임페리움 용병대의 대장 아론이다."

간단하게 서로에 대해 소개하는 이들.

"용병이었던가?"

"그래."

"용병이 무슨 일이지?"

"무슨 일이겠나?"

주변을 훑어보다 마침내 자신의 손아귀에 머리카락을 잡혀 질질 끌려온 콜트 집사를 바라봤고, 그를 그들의 앞으로 던질 준비를 하며 입을 여는 아론. 그에 아론의 의도를 몰라 그와 콜트 집사를 번갈아 보는 세 명의 전사들.

물론, 그들이 아론의 의도를 모르는 것은 아니었다. 하지만 아론은 인간이었다. 자신들의 부족을 전멸시키고 노예로 삼은 인간 말이다.

"의도적인 것인가?"

"아니."

"그럼?"

"그냥 지나가다가 들렀을 뿐이다."

그러면서 자신의 손아귀에 머리카락을 잡힌 콜트 집사를 그들 앞으로 던지는 아론. 그들은 데굴데굴 굴러 자신들의 눈 앞에서 자신들을 이렇게 만든 원흉을 보고 있음에 갑작스럽게 살기가 충천됐다.

"히이익!"

그에 콜트 집사는 그 세 명의 살기를 감당하지 못하고, 또 다시 얼굴이 하얗게 질려 기절해 버렸다. 자신이 아닌 타인을 죽이거나 괴롭힐 때는 찔러도 피 한 방울 나오지 않을 정도로 냉정했던 그였지만, 자신이 직접 그런 일을 당하자 자신도 모르게 정신을 놓고야 만 것이었다.

그에 살짝 인상을 찌푸린 세 명의 전사들. 하지만 그들은 발로 툭 차며 그를 옆으로 밀어놓고 다시 아론을 직시하며 그의 의도가 뭔지 확인하고 말겠다는 듯이 쏘아봤다. 그에 아론은 손가락으로 볼을 긁적이며 입을 열었다.

"원하는 것이 뭔가?"

"일단은… 이곳을 벗어나는 것이 되겠지."

"…그렇군."

인간의 진의가 어떻든 간에 일단은 이곳을 벗어나야만 했다. 하지만 그조차도 쉽지 않음을 그들은 알고 있었다. 자신들이 아무리 일당백의 전사라고는 하지만 이곳을 지키고 있는 기사들과 병사들은 이미 수백을 헤아리고 있으니까 말이다.

"그들은 걱정할 필요 없다. 이런 곳을 공격하면서 그 정도로 예상 못한 것은 아니니까 말이다."

아론의 말에 그제야 세 명의 전사들은 고개를 끄덕였다. 물론, 아무리 둘러봐도 그 혼자이기 때문에 얼마의 병력이 함께 왔는지 모를 일이었다. 하지만 분명한 것은 지금 당장 이곳을 벗어나야 한다는 것은 분명했다.

"방법이… 있나?"

그에 아론은 슬쩍 입꼬리를 말아올리며 나직하게 입을 열었다.

"길은 내가 연다. 나를 따라오면 된다. 그리고……"

"뭐가?"

"그자는 좀 알아내야 할 것이 있으니 나중에 죽여줬으면 좋겠군. 선물이긴 한데 아직 내 볼일이 끝나지 않아서 말이지."

"그런가?"

"살아만 있으면 되나?"

"음. 고통을 느끼고 그 고통에 굴복할 수 있을 정도면 된다."

"그럼 순서가 잘못되었군."

"뭐가 말인가?"

"당신이 먼저 이자를 심문하도록 해라."

선물을 받지 않겠다는 말은 하지 않았다. 그러기에는 그들이 가진 증오심은 생각 외로 깊었기 때문이었다.

"그러지. 대신 이곳을 벗어나 모종의 장소까지 다다를 때까지는 당신들이 그의 목숨을 붙여놨으면 좋겠군."

"그건 어렵지 않은 일이다."

"그래. 그럼 안내하지."

그러면서 성큼성큼 걸음을 옮기는 아론. 들어왔을 때처럼 너무나도 자연스럽게 움직이는 아론이었고, 세 명의 전사들은 참으로 희한한 인간을 본다는 듯이 그를 지켜봤다. 그러다 이내 각자의 종족을 다독여 그들을 이끌고 아론의 뒤를 따랐다.

솔직히 탈출하는데 이렇게 당당해도 되나 싶을 정도였다. 그리고 그들의 앞을 가로막는 어쩐 기사나 병사들도 없었다. 그러다 문득 그들은 자신도 모르게 무기에 손을 가져갔고, 그때 그들의 앞을 가로막고 있던 기사가 힘없이 허물어졌다.

"늦었군."

바로 그레이였다.

그가 마지막 기사를 배틀엑스로 찍어 죽이는 순간 그가 이종족들을 대동하고 감옥을 벗어난 것이었다.

"안에 사람이 꽤 있더군."

"사람?"

"아! 미안하군. 사람이라고 말을 하기에는 좀 그렇지? 어쨌든 이들을 구하느라 좀 늦기는 했지."

그에 아론의 어깨 너머로 추레한 모습의 이종족들을 흘깃 바라본 그레이는 고개를 끄덕이며 입을 열었다.

"이미 입구까지는 모두 정리해 뒀다."

"그럼 나가지."

"그러지."

그러면서 걸음을 옮기는 아론. 하지만 세 명의 이종족 전사들과 나머지 이종족은 함부로 걸음을 옮길 수 없었다. 그레이에게서 흘러나오는 강력한 기세에 자신들도 모르게 주춤할 수밖에 없었기 때문이다.

이종족들이 평화를 사랑하는 것은 맞지만 그들은 타고난 전사들이었다. 강자가 있으면 물러나기보다는 한 걸음 더 내디뎌 그 강자를 향해 다가가는 것이 바로 이종족들이었다. 그런데도 불구하고 그들은 그레이의 기세에 물러나고 있었다.

아론에게는 강자의 느낌이 들지 않았다. 그저 자신들과 같은 종족일 뿐이라는 생각만 들 뿐이었다. 하지만 그레이는 달랐다.

"꿀꺽!"

누군가가 마른 침을 삼켰다. 그런 그들을 바라보던 아론이 나직하게 입을 열었다.

"여기서 살 생각인가?"

"그……."

"아무리 이곳을 정리했다고는 하지만 혈향을 맡은 승냥이들이 곧 들이닥칠 거야."

"아, 알겠다."

아론의 말에 그레이가 가장 앞서서 걸었다. 그리고 대열의 중간에 아직 회복이 되지 않은 이종족의 전사들과 이종족 노예들이 섰고, 가장 후미에 아론이 섰다. 그는 걸어가는 것이 아니라 허공에 둥둥 떠서 모든 상황을 한눈에 파악할 수 있도록 했다.

그들의 이동은 무척이나 순조로웠다. 어차피 이곳은 콜트 집사가 아우슈반츠 백작 가문의 눈을 피해서 백작 가문 내에 마련한 은밀한 장소이기에 평소 사람이 드나들지도 않았고, 병력이 배치된 것도 아니었기 때문이었다.

그리고 아론은 사전에 그 모든 것을 파악하고 이미 이종족 노예들을 탈출시킬 수 있는 탈출로를 점검했고, 그들이 쉬면서 아론이 목표로 한 쿠테란 마을까지 가기 위해 기력을 회복할 장소까지 이미 섭외해 놓고 있었다.

물론, 그 모든 비용은 아론의 아공간에 들어 있는 무궁무진한 재화 덕분이라고 할 수 있었다. 지금까지 사람들이 간과하고 있는 것이 있는데 어떤 조직을 세력화하기 위해서는 반드시 따라 붙는 조건이 있다.

바로 자금이다.

자금이 없다면 아무리 실력이 뛰어나다고 해도 결코 조직을 세력화하는 것은 쉽지 않은 일이라 할 수 있었다. 임페리움 용병대가 이렇게 빨리 성장하고 오크 족까지 받아들일 수 있었던 근간은 바로 끝도 없는 아론의 재화 덕분이라 할 수 있었다.

그 많은 재화를 가지고 있음에도 왜 인원을 충원하지 않고, 어렵게 받아들이며 귀족들과 에퀘스의 성역에 있는 이들과 거래를 하지 않느냐고 물을 수 있었다. 쉬운 길이 있음에도 불구하고 굳이 어려운 길을 가려 하는 이유가 뭐냐고 묻는 이도 있을 것이다.

하지만 이것 하나는 명심해야 했다.

'쉽게 얻은 것은 쉽게 나간다'라는 명언을 말이다. 어렵게 얻은 것도 한 순간의 판단 착오로 순식간에 사라지는 판국에 쉽게 얻은 명예와 권력은 얼마나 빠르게 사라질까? 그리고 하나 더 추가할 것이 있다.

힘이 있다.

그것도 절세적인 힘이 있다.

그런데 왜 그 힘을 사용하지 않느냐. 조금만 사용해도 될 것을.

이렇게 묻는 사람도 있을 것이다. 하지만 이 또한 사람들은 간과하고 있는 것이 있다.

'호의가 지나치면 사람들은 그것을 권리인 양 착각을 한다.'

이것은 만고불변의 진리다.

모든 것을 다 해 준다. 그것은 호의였다. 불쌍히 여겼기 때문이고 내가 힘을 가지고 있으니 힘을 가지지 못한 이들을 대신할 수 있다고 생각하고 그대로 행하면, 결국 남는 것은 아주 사소한 일에도 왜 힘을 사용하지 않느냐고 반문한다.

왜 나서지 않느냐고 질문한다.

자신이 가진 힘이 아님에도 불구하고 당연하게 여긴다.

왜냐하면 자신은 그 힘을 사용해 보지도 않았고, 어떻게 얻는지도 모르고 있었지만 힘이 있는 사람은 당연히 그 힘을 자신들을 위해 사용할 것이라 생각하는 것이다. 힘을 가진 자가 죄를 지은 것도, 당연히 해야 할 것도 아닌데 말이다.

사람들은 그것을 당연하다고 착각한다. 그 착각을 없애는 방법은 바로 스스로 해결하고 그것을 해결하는 것이 얼마나 힘들고 어려운 일인지 알고, 힘이란 것이 얼마나 소중한지 알아야만 가능하다.

결론은 스스로 쟁취하지 않고 결과나 목표를 이루는 것은 지극히 위험한 일이는 것이다. 사람 마음이란 앉으면 눕고 싶고, 누우면 자고 싶어 하니까 말이다. 그래서 다 함께 가야만 하는 것이다.

어렵고 힘들더라도 그 역경을 함께 뚫고 목적을 달성해야만 한다. 그래야 성취감을 가지고 더 나은 미래를 위해 꿈을 설계할 수 있는 것이다. 꿈이란 평안한 가운데 꾸는 것보다 지독히도 힘든 현실을 이겨내고 달성해 냈을 때 더욱더 달기 때문이다.

어쨌든 아론은 자신이 가진 힘을 함부로 사용하지는 않았다. 그 덕분에 용병들은 더 높은 곳을 위해 더 나은 자신을 위해 부단히 노력하고 있었다. 그래야만 그들이 살아가는 목적을 이룰 수 있기 때문이다.

어쨌든 그들은 어렵지 않게 탈출을 할 수 있었다. 아무리 튼튼한 백작 성이라고 해도 어느 성이나 우리가 말하는 개구멍은 있는 법이고, 그 개구멍은 만인에게 평등했으니까. 단지 그 수가 조금 많을 뿐이었다.

개구멍이란 아는 사람만 아는 것이 아니라 알고도 묵인하는 것이고, 그 주변으로는 순찰조차 돌지 않는다. 이른바 애나 어른이나 혹은 쥐꼬리만 한 권력을 가진 자나 어떤 권력도 가지지 않은 자나 그 누구도 가리지 않는다는 것이다.

그리고 결론적으로 이 개구멍이라는 것이 서민들만을 위한 개구멍만 있는 것은 아니었다. 대규모로 불법을 저지르기 위해 만들어진 의도적인 개구멍도 있는 법이었다. 아론이 택한 개구멍은 바로 이 불법을 저지르기 위해 만들어진 의도적인 개구멍이었다.

콜트 집사는 불법을 저지르는 입장에서 이런 개구멍 관리를 너무나도 훌륭하게 해놓고 있었다.

툭!

아론이 콜트 집사의 등을 밀었다. 그에 콜트 집사는 힘없이 앞으로 걸음을 옮겼다.

"안녕하십니까?"

"아… 어, 그렇군."

"그런데 오늘은 안색이 안 좋아 보이십니다."

"아! 뭐 업무가 좀 많다 보니……."

"그래도 건강은 챙기셔야죠. 그런데……."

평소 안면이 있는 듯 거리낌 없이 대화를 주고받는 콜트 집사와 기사. 그러다 문득 기사는 콜트 집사의 어깨 너머를 흘깃 한 번 보면서 누런 이를 드러내며 입을 열었다.

"오늘 꽤 많습니다?"

"뭐 그렇게 되었네. 자 그리고 이건……."

그러면서 말없이 무언가를 기사에게 찔러주는 콜트 집사. 그 짧은 순간 대충 무게를 가늠해 본 기사는 여전히 히죽 웃으며 친근한 웃음을 떠올리며 입을 열었다.

"어이고. 오늘은 꽤 되는군요. 어쨌든 조심히 다녀오시길 바랍니다."

"그래. 알았네."

그러면서 작은 쪽문을 나서는 콜트 집사. 고래로 한 성에는 거대한 성문이 있는가 하면은 그 성문 바로 옆으로 작디작은 쪽문이 있게 마련이었다. 거대한 문은 귀족이나 돈 꽤나 있는 상인들이 이용했고, 작은 쪽문은 평민들이 사용하는 문이었다.

그리고 콜트 집사는 노예 장사를 하는 것이 결코 드러낼 일이 아닌지라 거대한 성문보다는 쪽문을 많이 이용했다. 그리고 그 쪽문을 담당하는 기사는 철저하게 배후를 조사하고 약점을 잡은 이후 돈으로 매수함은 물론이고 말이다.

그렇게 조심했기 때문에 여태까지 아우슈반츠 백작의 눈을 피할 수 있었던 것이다. 물론, 노예 상단인 퀴르텐 상단 역시 백작 성에 들이지 않았다. 그들이 백작 성에 들어오면 누군가는 그들을 알아볼 것이고, 아우슈반츠 백작은 그들을 의심할 수밖에 없을 테니까.

그래서 노예를 반출할 때는 반드시 그가 직접 움직였다. 그래야 안심이 되니까. 하지만 그런 철저함이 이렇게 비수가 되어 자신의 목숨을 죄어오게 될 줄은 꿈에도 몰랐다. 평소보다 조금 딱딱하고 표정이 안 좋아 보이는 콜트 집사를 보면서도 쪽문 경비 담당 기사는 별다른 생각을 하지는 않았다.

돈 받아 처먹고 하는 일이기는 하지만 그렇다고 그에게 허리까지 굽힐 생각은 없었으니까 말이다.

'일이 많기는. 어디서 여자 하인이나 후리고 다녔겠지.'

드러난 표정과는 다르게 콜트 집사의 말에 별로 공감하지 않는 기사였다. 어쨌든 그는 이종족 노예를 이끌고 가는 그를 무사통과시켰다. 검문검색을 할 필요조차 없었다. 이런 일은 신속과 은밀함이 최고의 덕목이니까 말이다.

백작 성이 어둠에 가려 완전히 안보일 때 쯤 콜트 집사는 나직하게 한숨을 내쉬었다. 그도 긴장했던 것이다. 하지만 이내 조심스럽게 아론의 눈치를 보면서 입을 열었다.

"저어……."

"넌 인질이다."

"옙."

그러니 개소리하지 말라는 무언의 협박이었다. 그래서 콜트 집사는 두려웠다. 남들의 죽음이나 아픔을 쉽게 여기는 그인만큼 자신에 대한 고통과 죽음에는 극도의 집착력을 가진 그였으니까 말이다.

"그러면 어디로……."

"코카서스."

"거긴……."

거리가 너무 멀었다.

"넌 안내만 하면 된다."

"아, 알겠습니다."

어느새 비굴한 자세가 되어 버린 콜트 집사. 그런 그를 두고 아론은 뒤로 걸음을 옮겼다. 그리고 드워프 전사 옆에 서며 입을 열었다.

"붉은 강철 부족이라고?"

"그렇다."

"지금 아우슈반츠 백작 가문에서는 정기적인 대규모 몬스터 소탕 작전을 벌이고 있다."

"그런가?"

별로 관심 없다는 듯이 퉁명스럽게 답을 하는 붉은 강철 부족의 전사 우르드.

"쿠테란 마을의 이종족 용병이 참여했더군."

"이종족 용병?"

그에 살짝 관심을 보이는 우르드. 그것은 우르드만이 아니었다. 투리바스나 멜가스 역시 마찬가지였다. 그들도 듣고 있었다. 인간 세계에는 이종족의 용병단이 있었고, 그들이 마을을 형성하고 있다는 것을 말이다.

산맥 깊은 곳이나 인간과의 교류를 하지 않으며, 고루한 이들은 인간 세계에서 용병 생활을 하면서 인간들과 부대끼며 살아가는 그들을 부랑아 혹은 종족을 배신하는 자로 치부하고 있지만 실제 그들은 이종족과 인간과의 교류에 있어서 중간 다리 역할을 충실히 해내고 있었다.

아무리 인간 세계에서 용병으로 살아간다고는 하지만 그들이 가진 근본적인 정신은 전혀 바뀌지 않았기 때문이었다. 이종족들은 인간과 달리 진실을 꿰뚫어 보는 눈이 있어 인간처럼 쉽게 색이 변하는 경우는 극히 드물었다.

완전하게 어둠에 물들기 전에는 그들의 성향은 전혀 달라지지 않았다. 덕분에 이종족 용병들은 용병들 사이에서 신뢰의 상징이라고 해도 과언이 아닐 정도의 위치를 차지하고 있었다. 다만, 그 수가 인간 용병들보다 적고, 융통성이 없어 인간과의 거래를 함에 있어 손해를 보는 경우가 종종 있었다.

그러함에도 이종족 용병들은 인간들 사이에서 굳건하게 뿌리를 내리고 있었다. 다만, 그들 역시 아직 하나로 통합되지 않았다. 이종족이고 진실을 꿰뚫어 보는 눈 덕분에 한 마을에 뭉쳐 살기는 했지만 그렇다고 아주 살가운 관계는 절대 아니었다.

그저 그들의 권익을 위한 것뿐이었으니까.

관심을 보이는 세 명의 전사를 보며 아론은 고개를 끄덕였다. 잠시간 노예 생활을 해서인지 아니면 고난의 시간을 보내서인지 몰라도 이들은 그렇게 꽉 막힌 이들이 아닌 것 같은 느낌이 들었기 때문이었다.

그리고 아론의 생각은 정확하게 적정했다.

지금 이들은 자신들이 종족별로 나눠 각자의 부족으로 돌아간다는 것은 어렵다는 것을 인지하고 있었다. 애초에 자신들이 잡혀 왔을 때, 반항하는 이는 모두 죽이고, 마을을 초토화시킨 것을 두 눈으로 똑똑히 목도했었으니까.

그리고 또 아직 회복도 되지 않은 이들과 함께 힘든 여정을 한다는 것 자체도 어렵다는 것을 알고 있었다. 결국 자신들이 택할 수 있는 길은 바로 이종족이 만든 용병 마을밖에 없다는 것이다.

노예 상단은 인원수가 많은 큰 부족은 절대 건드리지 않는 다. 이종족은 그 수는 적을지 몰라도 그 개개인이 가진 힘은 실로 인간을 압도할 정도였으니까. 결국 노예가 되거나 노예가 될 입장에 처하게 된 이종족은 돌아갈 곳이 없다는 것을 의미한다.

"검은 모루 부족의 쉼머해드라는 용병대장이 있더군."

그 말 한마디가 결정타였을까? 세 명의 이종족 전사들이 관심을 보이기 시작했다.

"어떻게 하자는 것인가?"

엘프 전사인 투리바스가 조심스럽게 물었다.

"지금 이 인원을 곧바로 그들과 합류할 수는 없을 것이다."

"우리를 그들과 합류시킬 생각이었던가?"

"그렇다."

"왜?"

샤이칸 부족의 멜가스가 의문의 빛을 지우지 않은 채 아론을 바라보며 직접적으로 물었다. 실로 정당한 의문이라 할 수 있었다. 그들이 알고 있기로 인간이란 아무런 조건이나 이득 없이 움직이는 종족이 아니었으니까 말이다.

그리고 일단 이들의 인간에 대한 첫 인상은 지극히 더럽고 혐오스럽기 그지없었다. 자신의 부족을 멸족시켰고, 마을을 초토화시켰으며, 자신들을 노예로 삼고 여성체의 경우는 자신들의 욕구를 풀기 위한 노리개로 삼았다.

그런 인간 종족이 아무런 조건이 없이 자신들을 돕는다?

이것은 해가 서쪽에서 뜰 일이었다. 한 번도 아닌 여러 번 뜰 일이었다.

"인간이라고 다 같은 인간은 아니니까."

"물론, 그렇겠지. 우리 같은 호족 역시 다 같은 호족은 아니니까. 하지만 이해할 수 없군. 우리와 같은 호족 역시 어떤 이득 없이는 움직이지 않는다. 하물며 탐욕의 대명사라 일컬어지는 인간 종족이 아무런 조건 없이 우리를 구해준다는 것은 솔직히 믿을 수 없군."

호족의 샤이칸 부족 전사 멜가스의 말이 맞았다. 그의 말에 우르드와 투리바스 역시 동의한다는 듯이 고개를 끄덕였다. 단지 그들은 말을 못했을 뿐이다. 자신의 생명을 구해준 이에게 그런 의문을 제기한다는 것이 미안해서 묻지 않았던 것뿐이었다.

"믿지 못한다면 어쩔 수 없지. 다만, 모든 인간이 그와 같지는 않다는 것을 알아줬으면 좋겠군."

"그… 런가?"

아론의 말에 멜가스는 고개를 끄덕이며 그를 뚫어지게 바라봤다. 그의 눈동자와 얼굴에는 한 점의 사심과 거짓이 담겨

있지 않았다. 그리고 대체 그가 뭐가 아쉬워서 자신에게 그런 말을 할까? 하는 생각이 들기도 했고 말이다.

"우선 고맙다고 말을 하고 싶군."

그때 붉은 강철 일족의 우르드가 먼저 입을 열었다. 다른 이들보다는 조금 더 신중한 모습을 띄고 있었고, 나름 호탕함을 드러내고 있는 우르드였다. 그리고 몬스터 소탕 작전에서 부족은 다르지만 드워프 용병단과 만났다니 그 호감도가 더욱 증가하고 있었다.

"다행이로군."

"뭐가 말인가?"

"나에 대해서 경계를 풀었다는 것에 대해서 말이다."

"그런가? 나는 인간에 대한 인상은 별로 좋지 않다. 아니 오히려 혐오스럽다고 해도 과언이 아닐 것이다. 하지만 은과 원에 대해서는 스스로 철저하다고 생각하고 있다."

"은혜를 입었으니 다른 인간족과는 다르게 대하겠다는 것인가?"

"물론이다. 그리고 진실의 눈으로 꿰뚫어 보아도 당신은 우리에게 하나의 사심도 없었다. 물론, 우리에게 기대하는 무언가는 있겠지. 하지만 그 의도 역시 별로 나쁘지 않다고 생각한다. 받는 것이 있으면 당연히 주는 것도 있어야 하니까."

"이종족치고는 특이한 생각이로군."

"이종족이 모두 그렇게 꽉 막힌 것은 아니다."

"그런가?"

"그렇다. 그리고 이제 어떻게 할 것인가?"

우르드는 단도직입적으로 아론에게 물었다. 비록 자신이 본 인원은 자신의 앞에 있는 인간과 저 멀리 인간? 이라고 하기에는 조금 어색하고 광폭해 보이는 자밖에 없었다. 사실 우르드는 지금 굉장히 놀란 상태였다.

자신 역시 자신의 부족 내에서는 그 누구와도 견줄 수 없는 실력을 가진 자였다. 드워프 종족 특유의 강력한 힘과 체력은 그 누구도 따라올 수 없으니까 말이다. 그런 자신조차도 이 두 인간들에 비하면 자신은 정말 반딧불과 태양만큼의 간격이 존재했다.

강함으로 따지만 드워프족 최고 전사인 바엘가르보다 강해 보였다. 물론, 내심으로는 '그래도 바엘가르가 강하겠지'라고 생각은 하고 있지만, 솔직히 그것은 직접 대결을 해보지 않은 이상은 모를 일이었다.

'어쨌든 그는 믿을 만한 인간이다.'

우르드는 물론 투리바스, 멜가스 역시 아론과 그레이를 그렇게 인정했다. 아직까지 인간에 대한 신뢰가 완벽하게 회복된 것은 아니지만 어쨌든 인간에 대한 신뢰를 회복하기 위한 기반을 잡았다고 할 수 있었다.

"일단 코카서스로 향한다."

그곳이 어딘지는 모르지만 아론의 말에 고개를 끄덕이는 세 명의 전사.

"그리고 그곳에서 한 달 정도 요양을 한 후 이종족 용병들의 마을인 쿠테란으로 향한다. 그 이전에 검은 모루 용병대장을 소개시켜 주도록 하지."

"믿겠다."

"그러든지."

세 이종족 전사들의 말에 심드렁하게 답한 아론이 후미로 이동했다. 그런 아론의 등을 바라보는 세 명의 전사 중에 투리바스가 먼저 입을 열었다.

"참 특이한 인간이로군."

"자네도 그렇게 여겼나보군."

"모두 같은 생각이지 않을까?"

"그런가?"

"그리고 그는 강해."

"누구? 회색의 바바리안?"

"아니 방금 우리와 함께 대화를 한 인간 친구."

"친구? 벌써?"

멜가스의 말에 어깨를 으쓱해 보이는 우르드.

"우리의 목숨을 살려줬고, 진실되며, 우리가 가야 할 곳까지 안내를 자처했다. 이 정도면 친구라 해도 되지 않을까?"

"그도 그렇군."

우르드의 말에 동의하면서도 여전히 마음의 문을 열지 않는 투리바스와 멜가스. 그들이 마음을 열기에는 인간에 대한 첫 인상이 너무나도 안 좋았다.

"난 조금 더 두고 봐야 하겠군."

"그야 각자의 사정에 따라 다른 것이겠지."

"그래. 일단 일족을 다독인 후 그를 따라 이동해야 하겠군."

"그래야겠지."

그러면서 그들은 자신들의 동족을 돌아봤다. 대부분이 어린 아이와 여자였다. 또한 신체 건장한 전사들. 이들은 돌아갈 곳이 없다. 어떻게 해서든지 인간 세계에서 살아남거나 혹은 따로 부족을 이뤄 살아갈 수밖에 없었다.

그때 선두가 서서히 움직이기 시작했고, 휴식을 마치고 아론이 내어준 음식과 함께 약간의 원기를 충족한 이종족들이 움직이기 시작했다. 그들의 얼굴에서는 이제 절망보다는 희망이 떠올라 있었다.

살 수 있고, 억압이 없는 곳에서 살아갈 수 있음에 어떻게 희망이 떠오르지 않을 수 있겠는가?

"엄마."

"응."

"우리 다른 곳으로 가?"

"그래."

"팔려가는 거야?"

팔려간다는 말을 어디에서 배웠을까? 어쨌든 그런 아이의 머리를 쓰다듬으며 미소를 떠올린 후 입을 열었다.

"아니."

"그럼?"

"우리가 쉴 수 있는 곳으로 간단다."

"팔려가지 않고?"

"당연하지."

"우와~ 정말?"

"그래. 그곳에 가면 친구도 사귈 수 있고, 마음껏 먹을 수도 있단다."

"그럼 빨리 갔으면 좋겠다."

"그래. 금방 갈 거야."

"근데, 엄마. 나 졸려."

"그래. 코 자. 자고 나면 도착해 있을 거야."

"그래. 코 잘게."

아이는 곧바로 잠에 빠져들었다. 그런 아이를 꼭 끌어안으며 희망에 찬 얼굴로 걸음을 옮기는 엘프족 여인. 그것은 다른 종족의 엄마들 역시 마찬가지였다. 그런 그들을 바라보며 나직하게 안도의 한숨을 내쉬는 전사들.

"인간에 의해 부족이 멸족당하고, 다시 인간에 의해 구함을 받는군."

"인간이란 종족은 참으로 알다가도 모를 존재로군요."

"아! 그러고 보니. 옛 선지자들의 말에 이런 구절이 떠오르는군."

"무슨 말입니까?"

"인간에게는 선과 악이 동시에 존재한다. 때로는 천사처럼 보이고 그리 행동하나, 때로는 악마가 된다. 그래서 우리는 인간을 중간자라고 부른다. 천사가 될 수도 있고, 악마가 될 수 있는 그런 중간적인 존재 말이다."

"지금 상황과 딱 떨어지는 말이로군요."

"그런 셈이지."

그러면서 조용하게 걸음을 옮기는 세 종족의 전사들. 그들은 각 종족의 여인과 아이들을 보호하고 있었다. 그런 그들을 보호하는 것은 단 두 명. 하지만 단 두 명이라 할지라도 그 두 명은 수천의 기사들보다 든든하게 느껴졌다.

'보이지는 않았지만 나는 느낄 수 있었다.'

그랬다.

그들은 어둠 속에서 아무것도 보이지 않는데도 간수들과 기사들의 목이 거의 동시에 툭툭 떨어져 내리는 것을 보았다.

그리고 그 주인공이 가장 후미에 있는 인간 용병이라는 것을 짐작할 수 있었다.

인간을 불신하는 그들에게도 서서히 인간에 대한 또 다른 평가가 내려지고 있었다.

CHAPTER 8
아우슈반츠 백작

"이곳에서 한 달간 쉬고 있도록."

드디어 코카서스에 도착한 아론과 그가 구해낸 이종족 일행. 인간과 다른 뛰어난 신체 조건을 가지고 있어서인지 오랫동안 감금 생활을 하고 제대로 먹지도 못했음에도 불구하고 그들은 코카서스까지 어렵지 않게 도착할 수 있었다.

그곳에서 아론과 그레이, 그리고 이종족 일행을 기다리고 있는 것은 바로 브라이언과 새롭게 받아들인 용병들 중 그 실력이 뛰어났던 기네딘, 카스트로 그리고 막시무스가 함께 하고 있었다.

상당히 정성을 들였는지 코카서스 변두리에 인적이 드문 곳에 위치를 잡고 있었으며, 나름 철저한 방비를 하고 있었다. 이미 인간에 대한 약간의 아주 약간의 신뢰를 가지기 시작한 이종족들이었고, 자신을 구해준 아론과 그레이에게 호감을 갖고 있던 그들인지라 브라이언 일행을 그리 크게 경계하지는 않았다.

그들은 빠르게 안정을 되찾았고, 그런 그들을 보며 아론은 더 이상 몬스터 토벌전에 자신의 자리를 비워둘 수 없었기에 빠르게 그들과 합류하기 위해 움직일 수밖에 없었다.

"알겠다."

아론의 말에 수긍하는 세 명의 이종족 전사들. 그들 역시 아론이 그리 한가한 사람이 아니라는 것을 알고 있기에 굳이 그를 말리지 않았다. 또한, 자신들 역시 어느 정도 휴식이 필요했다.

이곳으로 이동해 오면서 이후의 계획을 들은 이후이니 제국의 북쪽에 자리 잡고 있는 쿠테란 마을까지 이동하려면 상당한 체력이 필요하다는 것을 인지한 까닭이다.

물론, 겨우 한 달이라는 시간 동안 그만한 몸을 만든다는 것은 인간에게는 힘든 일이겠지만 월등한 체력을 지닌 이종족에게는 먹고 자고 잘 쉬기만 해도 충분한 일이라 할 수 있었다.

"그럼 잘 부탁한다."

아론은 브라이언에게 그렇게 말을 전한 후 곧바로 그레이와 함께 자리를 벗어났다. 구출한 이종족들과 한 달 가까이 이동하면서 짬짬이 몬스터 토벌전을 벌이고 있는 곳에 모습을 드러낸 아론이었다.

그것이 가능했던 이유는 바로 아론이 지닌 공간적인 능력이었다. 그의 공간 능력은 처음 접했던 것과는 달리 아주 능숙해져서인지 이제는 혼자가 아닌 몇 명 혹은 몇십 명과 함께 이동을 해도 될 정도였다.

물론, 그렇게 이동해 본 적은 없었다. 다만, 이번에 그레이와 함께 공간을 오가면서 자신의 능력이 한층 더 강력해졌다는 것을 알 수 있었다. 그 능력의 강력해짐은 비단 공간 이동에 한한 것만이 아니었다.

공간 이동을 하면서 그는 자신의 능력이 전반적으로 상승하고 능숙해졌음을 알 수 있었다. 그렇게 느끼게 된 연유는 이전까지는 다른 차원의 자신에게서 빠져 나온 일곱 개의 구슬 중에서 자신이 느낄 수 있는 것은 극소수였다.

그것도 아주 희미하게 그 기운을 느낄 수 있을 뿐이었다. 하지만 지금은 달랐다. 어느 정도 확실하게 느낄 수 있었고, 그 어느 정도의 방향까지 알 수 있었다. 자신이 가진 세 가지의 능력이 점점 완숙의 경지에 다다라 가고 있음을 알 수 있었다.

그리고 역시 가장 많이 사용하는 것은 바로 공간에 대한 능력과 더불어 백두산이 전해주고 간 21세기 지구의 지식이었다. 이곳의 지식과는 별다른 접합점이 없었다. 하지만 또 다른 측면으로 보자면 그곳도 사람이 사는 곳이고 이곳도 사람이 사는 곳이다.

권력의 속성이나, 사람을 다루는 것에 관한 일이나 조직을 관리하는 일에서는 오히려 훨씬 더 효율적이고 객관적이었으며 실용적이었다. 그리고 마지막 남은 하나의 능력. 그것은 좀체로 그 실체를 파악할 수 없었다.

'불멸의 능력이라··· 대체 뭐지? 영원히 죽지 않는 건가? 사람이 그럴 수 있나?'

지금껏 단 한 번도 생각해 보지 않았던 능력이라면 바로 불멸의 능력이었다. 뭐, 죽어봤어야지 확인 가능하지만 그럴 만한 위험을 주는 상황은 일어나지 않았다. 그만큼 공간 능력과 위기에 대처하는 백두산의 지식은 뛰어났다.

'필요 없는 능력은 없다. 언젠가는 알 날이 있겠지.'

그렇게 생각을 정리하고 어느 정도 인적이 드문 곳까지 도달한 아론은 슬쩍 그레이를 바라봤다. 그레이 역시 이제는 아론의 공간 능력에 적응한 듯 별다른 표정은 보이지 않았다. 그러다 살짝 실소를 했다.

처음 그가 자신과 함께 공간 이동을 함께 했을 때의 그의 표정이란 참으로 가관이었으니까 말이다. 아무리 그가 그레이트 마스터에 오른 자라고 하지만 처음 경험해 보는 공간 이동은 그리 만만한 경험이 아니었던 것이다.

특히나 그는 인간이 아닌 오크족이었으니까 말이다.

"준비 됐나?"

"준비랄 것까지 있겠나?"

이제는 아주 여유로워진 모습까지 보인다. 그에 피식 웃는 아론. 그와 나란히 선 그레이. 그 순간 둘의 모습은 흔적도 없이 사라졌다. 그리고 둘의 모습은 살게라스 산맥의 갈라델 골짜기에 모습을 드러냈다.

"오셨습니까?"

예의 블랙해머가 그들을 맞이하고 있었다.

"기다리고 있었나?"

그 말에는 몇 가지의 의미가 포함되어 있었다.

"갈릭 대공자가 두 분을 만나보고 싶다는 의견을 전해 왔습니다."

마법 면구 덕분인지는 몰라도 그의 모습은 용병들을 이끌고 있는 수장의 모습 그대로였다.

"갈릭 대공자라……."

나직하게 같은 말을 되풀이 하는 아론. 하지만 이내 고개를 끄덕였다. 그럴 만도 했다. 지금 자신들이 올린 전과는 그야말로 혁혁하다고 해도 과언이 아닐 정도였으니까 말이다.

"우리가 성과가 어떻게 되지?"

"오거 221마리, 트롤 307마리, 그 외 자잘한 몬스터까지는 헤아리기 어렵습니다. 그리고 잠시 후 보시면 알겠지만 그들은 현재 우리가 통과해 온 길을 통해 전초 기지와 영지 확장을 해 오고 있습니다."

"영지 확장이라……."

"다른 곳보다 성과가 좋고, 안전하다는 평가 때문일 것입니다. 그리고 그 덕분에 가문에서 그의 입지가 상당히 탄탄해진 것으로 판단됩니다."

"자신에게 도움을 줬으니 한 번 만나보는 영광을 주겠다 이건가?"

아론의 부정적인 의견에 블랙해머는 살짝 비웃는 듯한 표정을 지어보이며 고개를 끄덕였다. 그 비웃음은 아론이나 그레이에 대한 비웃음이 아니라 어쩌면 갈릭 대공자에 대한 비웃음일지도 몰랐다.

아니 그들에 대한 비웃음일 뿐이었다. 그가 생각하기에 아론이라는 존재는 그들이 판단하고 재량할 인물이 아니었다. 그 그릇의 크기는 이 세상 어떤 인간도 함부로 잴 수 없을 정도로 크고 깊었기 때문이었다.

아론은 인간이 아니었다. 아니 인간이 아닐지도 몰랐다. 어쩌면 이미 사라진 고대의 존재일지도 모를 일이었다. 하지만 그는 눈앞에 존재했기 때문에 분명 인간이기는 했다. 그것은 의심할 여지가 없음에 분명하다.

"어떻게 하시겠습니까?"

"만나보지 뭐."

"그쪽에서는 될 수 있는 한 빨리 만났으면 한다고 했습니다."

"될 수 있는 한 빨리면 언제? 나야 뭐 지금 당장에라도 만날 수 있는데."

"일단 조율하고 오겠습니다."

지금 당장 만날 수 있다고 해서 그것을 곧이곧대로 전할 수는 없었다. 친한 사람끼리야 주도권 싸움이 필요 없지만 지금과 같은 눈에 훤히 보이는 의도적인 상황에서는 반드시 필요한 싸움이었기 때문이었다.

이것은 단지 용병과 귀족의 만남이 아니었다. 임페리움 용병대를 대표하는 아론과 아우슈반츠 백작 가문을 대표하는 자의 만남이니까 말이다. 한마디로 세력과 세력의 만남이었다. 아론의 퉁명스러운 말처럼 절대 가벼운 만남이 아니었다.

블랙해머는 오랫동안 이곳저곳 떠돌아다니면서 인간과의 만남 역시 없지 않았을 것이다. 그가 떠돌아다니는 시간만큼이나 그의 경험은 두터워졌을 것이고, 그 경험은 지금의 자신을 만들었을 것이다.

"그러든지."

블랙해머가 사라지고 그레이는 아론을 슬쩍 본 후 휴식을 취하고 있는 부하들이 있는 곳으로 걸음을 옮겼다. 그런 그를 빤히 바라보는 아론. 그러고는 의자를 뒤로 젖힌 후 야전 탁자에 다리를 올리고 깍지를 끼어 머리 뒤로 돌리는 아론이었다.

"내 새끼도 아닌데 뭐……."

동료는 맞았다. 위험에 처했을 때 자신의 등 뒤를 맡길 그런 동료 말이다. 하지만 그렇다고 해서 종족이 사라진 것은 아니었다. 그는 오크 족이고 자신은 인간이었다. 그리고 추후 그들은 자신과 돈독한 관계를 가질지 모르겠으나 어차피 따로 떨어져 생활을 영위하고 세력을 구축할 것이다.

그러기 위해서는 그레이는 부하들과 자신과의 관계를 돈독하게 할 필요는 없었다. 자신은 그저 보고 있으면 되었다. 그리고 그 이외의 목적도 있었지만 어느 정도 이런 효과 역시 기대하고 그들과 함께 했던 것이니까.

그렇게 망중한을 보내며 얼마의 시간이 흘렀을까? 블랙해머와 그레이가 함께 야전 막사 안으로 들어왔다.

"내일 저녁 만찬은 어떻겠느냐고 합니다."

"아무 때나 상관없지."

아론은 덤덤하게 말을 했지만 내일 저녁의 만찬이 정해질 때까지 서로의 주도권을 잡기 위해 한마디로 박 터지게 짱구를 굴렸을 것이다. 그런 것치고는 너무 단촐한 아론의 말에 힘이 쭉 빠질 지경으로 말이다.

하지만 블랙해머는 이미 이런 것은 당연하다는 듯이 가볍게 받아 넘기고 있었다.

"그건 그렇고……."

말을 흐리는 아론의 모습에 블랙해머는 무슨 말이 나올지 알겠다는 듯이 고개를 끄덕인 후 입을 열었다.

"꽤 됩니다."

밑도 끝도 없이 튀어 나온 블랙해머의 말이었다. 보통 사람이라면 절대 알아들을 수 없는 무슨 암호 같은 말.

"오다 보니 작은 산 하나가 있더군."

거기에 그레이 역시 한마디 거들었다.

"가보자고."

아론이 야전 탁자에서 다리를 내리고 걸음을 옮겼다. 그런 그의 뒷모습을 멀뚱하게 바라보는 블랙해머.

"꽤 오랫동안 탁자 위에 발을 올려놓은 것 같은데 보통 사람이라면 조금 힘들어하지 않습니까?"

"자네는 아직도 그가 보통 사람으로 보이나?"

"아! 제가 실수했습니다."

"앞으로는 그런 재미없는 실수는 하지 말게."

"알… 겠습니다."

어색한 대화를 마친 둘 역시 아론을 따라 야전 막사를 나섰다. 그리고 그들은 또다시 그냥 침묵할 수밖에 없었다. 그레이가 작은 동산이라고 했던 것이 사라지고 있었기 때문이었다.

"확실히 보통 사람은 아니군요."

"저게 보통 사람이 아니라는 평가를 내릴 행동인가?"

"그야……."

"저 인간은 분명 드래곤이 분명해."

"드래곤인 인간입니까?"

"좀 이상한가?"

볼을 긁적이며 덤덤하게 말을 하는 그레이. 그에 블랙해머는 나직하게 한숨을 내쉬며 고개를 작게 저었다.

'이건 분명 전염된 게 분명해.'

점점 아론을 닮아가는 그레이였다. 어쨌든 그들의 재회는 그렇게 평화롭게 끝이 났고, 2개월에 이른 몬스터 토벌전은 이제 점점 그 끝을 달려가고 있었다. 보통 몬스터 토벌전이라면 거의 6개월 정도의 긴 시간을 가진다.

하지만 이번에는 변수가 존재했으니 바로 임페리움 용병대였다. 그들이 아니었다면 이렇게 빨리 몬스터 토벌전이 끝을 맺지 않았을 것이다. 말이야 대외적으로 몬스터 토벌전이지 실상은 영지 내 병사와 기사의 수를 아끼고 용병들을 고기 방패 삼아 영지를 개척하고자 한 것이었다.

돈이 지불되기는 하지만 그렇다고 해서 손해될 것은 없었
다. 몬스터의 부산물을 시중가보다 싸게 구입할 수 있었고, 영
지를 늘릴 수 있었으며 병사들과 기사들의 전력을 보존할 수
있었다.

그리고 조금 더 비싸게 구입한 몬스터 부산물이라 할지라
도 사설 경매를 열면 그 세 배 혹은 네 배 이상의 자금을 뽑
아낼 수 있었다. 거기에 덧붙여서 하나 더 쉽게 얻을 수 없는
것이 있는데 바로 정기적으로 용병들을 고용하기 때문에 용병
들의 아우슈반츠 백작 가문에 대한 인식이 남다르다는 점이
었다.

어쨌든 몬스터 토벌전으로 상당히 많은 이득을 보고 있는
아우슈반츠 백작 가문은 토벌전이 끝나갈 때쯤 살아남은 용
병들을 초대해 거하게 파티를 열기도 했다. 이런 면에서 보자
면 아우슈반츠 백작은 확실히 지킬 줄 아는 귀족이라 할 수
있었다.

철저한 신분제 속에서 실로 보기 드문 귀족이었고, 그 덕분
에 제국의 변방에 있으면서도 아우슈반츠 백작 가문은 변경
백 못지않은 세력을 형성할 수 있었다.

오늘도 마찬가지였다.

아론이 백작 가문의 장자인 갈릭 대공자의 초대를 받아 가
기 직전 일단의 병사들이 묵직한 무언가를 내려놓았다. 바로

술과 고기 그리고 헤아릴 수 없는 먹을거리였다. 토벌전이 끝이 나기는 했지만 아직 요새가 완전히 건설되지 않아 뒤로 물러날 수 있는 상황이 되지 못하니 오늘만큼은 푹 쉬고 병사들과 기사들이 불침번을 서겠다는 표현이었다.

그런 그들을 보며 아론은 그레이와 함께 블랙해머에게 뒷일을 부탁한 후 갈릭 대공자가 있는 곳으로 걸음을 옮겼다. 만약 초대하지 않았다면 공간 이동으로 갔을 일이지만 굳이 다급한 표정을 지어보이고 싶지도 않고, 별로 탐탁지 않은 장소이기에 느긋하게 걸음을 옮겼다.

"걸음이 느려진 것 같군."

"빨리 가서 좋을 게 없으니까."

"가기 싫으면 안 가면 되지 않은가?"

"알겠지만 한 무리를 이끄는 수장은 원하지 않아도 해야 할 일이 있는 법이다."

"그건 그렇지."

동의하는 그레이.

그 역시 대족장이었으니 모를 이유가 없었다.

"하지만 이왕 하는 김이라면 기분 좋게 하는 게 좋지 않나?"

"그렇긴 한데 아무리 그래도 별로 기분이 안 좋아져."

"특이한 성격이군."

"내가?"

"아닌가?"

"그냥 싫을 뿐이지. 특이한 성격이라고 할 것까지는 없지."

"그게 특이하다는 것이다. 보통의 인간이라면 당연히 권력을 쥐고 있는 백작 가문의 대공자에게 잘 보이기 위해 기를 쓰지 않던가? 적당한 아부도 하고 말이지."

"내가 이곳에서 활동할 것도 아니고 굳이 그럴 필요성을 느끼지 못하겠군."

"그럼 계속 그렇게 뚱한 표정을 지을 텐가?"

"그렇게 보이나?"

"그렇게 안 보이는 게 더 이상하다."

"쩝."

그레이의 말에 입맛을 다시는 아론이었다. 아무리 싫은 곳을 간다 하더라도 얼굴에 웃는 가면을 써야 하는 것은 분명했다. 그리고 자신은 아직 더 얻어가야 할 것이 있으니까 말이다. 크게 숨을 들이 쉬었다 내뱉는 그 순간 아론의 얼굴은 평범하게 변해갔다.

그 모습을 지켜보는 그레이는 감탄인지 아닌지 모를 말을 했다.

"인간이란 감정의 변화가 참으로 빠르군."

"이왕이면 네 말을 받아들여 현재의 상황을 빨리 인식했다고 해줬으면 좋겠군."

"그런 간지러운 말을 어떻게……."

"너도 달라져야 한다."

"으음……."

아론의 말에 나직하게 침음성을 흘리는 그레이. 달려져야 한다는 말에 자신 역시 3천이라는 전사를 거느린 우두머리였다. 자신 역시 달라져야만 했다. 그렇게 대화를 하고 생각을 정리할 동안 그 둘은 휘황찬란한 곳에 도착해 있었다. 과연 몬스터 토벌전을 하는 야전에서 이런 시설이 필요하겠느냐 싶을 정도로 말이다.

하지만 이해하지 못하는 것은 아니었다. 이런 파티는 가문의 위세를 드러내는 것이 다반사였다. 아무리 천한 용병들이라고는 해도 절대 함부로 할 수는 없었다.

그리고 이곳에는 용병들만 참석한 것이 아니라 귀족들과 기사들 역시 포함되어 있었다. 몬스터 토벌전이 단순한 행사가 아님을 알려주는 단적인 예인 것이었다. 하지만 그렇다고 해서 귀족들이 용병들을 바라보는 시선이 고운 것은 절대 아니었다.

그들은 파티 와중에도 입장하는 용병들을 보며 경멸 혹은 비웃음이 담긴 얼굴로 그들을 흘깃했다. 마음에 들지 않는다는 듯이 말이다.

"흥! 거지새끼들 같으니."

"어째서 백작 각하께서는 저들을 이리 살갑게 대하는지 모르겠소."

"그러게 말이오. 그리고 그들과 함께하는 파티라니. 도대체 어떻게 이런 일이……."

그들은 마치 더러운 무언가를 보듯이 용병들을 보며 나직하게 속삭였다.

'다 들린다, 이 새끼들아.'

아론의 생각이었다.

인피니티 마스터는 이럴 때는 참 불편했다. 듣지 않아도 되었을 것을, 듣지 않는 것이 더 좋았을 것을 자신도 모르게 듣게 되니 당연한 일이었다. 어쨌든 별로 탐탁지 않은 그의 속마음과는 달리 그의 얼굴은 덤덤하기 그지없었다.

"여어~"

그때 누군가 걸걸한 목소리가 들려왔다. 아론은 그가 누군지 알고 있었다.

그는 바로 쉼머해드였다.

한 손에는 무슨 고기인지 모를 고기의 다리가 들려 있었고, 한 손에는 거짓말을 조금 더 보태서 자신의 몸통만 한 술잔을 들고 있었다. 벌써 어느 정도 술을 마신 것인지 조금은 불쾌해진 얼굴로 아론을 알은체했다.

"반갑군."

아론 역시 그를 알아보고 먼저 입을 열었다.

"살아 있었군, 역시. 그런데⋯⋯."

그러면서 어디 이상은 없느냐는 듯이 아론의 구석구석을 훑어보는 쉼머해드. 그 역시 익스퍼트 최상급의 완숙에 다다른 전사였기 때문에 아론의 겉모습 정도는 가볍게 훑어볼 수 있었다. 그러고는 고개를 끄덕였다.

적잖이 안심이 된다는 듯이 말이다.

"그러고 보니 살인마 잭 그놈이 안 보이는군."

"죽었다."

아론은 심드렁하게 답을 했고, 쉼머해드는 놀란 눈으로 그를 바라봤다.

"직접?"

"별거 아니더군."

"크흐으~"

아론의 말에 기묘하게 수염을 움직이는 쉼머해드. 하지만 이내 호탕하게 웃어버렸다. 그러다 웃음을 뚝 그친 후 입을 열었다.

"내가 죽이고 싶었는데⋯ 어쨌든 죽였으니 고맙다고 해야 하나?"

"그런 소리 듣자고 죽인 건 아니다."

"그럼?"

"자신의 처지도 모르고 함부로 날뛰더군."

"흐으……."

아론의 별 같잖은 놈이 덤비기에 죽여 버렸다는 말에 그는 허탈한 듯이 웃음을 흘리더니 이내 다시 커다랗게 웃었다.

"크하하하하! 좋군, 좋아. 뭐 내가 죽이지 못해서 아쉽지만 말이야. 그리고……."

다리를 크게 한입 물어뜯고 술잔을 벌컥 들이킨 후 소매로 쓱 입술을 닦아내고, 보기에도 무거워 보이는 술잔을 내려놓으며 손을 들어 올렸다. 마치 손바닥을 부딪쳐 달라는 듯이 말이다.

짜악!

손바닥끼리 부딪치는 소리가 들렸다.

"흥미롭군."

"뭐가 말인가?"

"자네가 마스터라는 것이 말이다."

"왜? 난 마스터면 안 되나?"

"안 될 이유가 있나? 원수를 갚아준 친구 아닌가?"

어느새 아는 용병에서 친구가 되어버린 아론이었다. 그에 아론은 쉼머해드를 직시하며 다시 물었다.

"정말 친구인가?"

"물론이다. 드워프의 말은 결코 가볍지 않다."

"좋아. 그럼 긴히 할 말이 있다."

"긴한 말이라… 으흐흐흐. 이거 처음부터 보통이 아니라고 생각했는데 갈수록 마음에 드는 친구로군. 좋아, 좋아. 그래 무슨 말인가?"

그 둘은 어느새 한적한 곳에 도달해 있었다. 파티라고는 하지만 모든 장소가 시끌벅적하고 사람이 많은 것은 아니었다. 적당한 자리에 도착한 아론은 땅바닥에 털썩 주저앉으며 입을 열었다.

"이종족 노예들을 구했다."

"뭐, 뭐라고?"

"하지만 그들이 갈 곳이 없다."

"……."

아론의 충격적인 말에 쉼머헤드는 말없이 그를 바라봤다.

"어떻게?"

"그건 중요한 것이 아니지."

"크음, 그렇군. 방금 이종족이라고 했나?"

"그래. 엘프, 드워프 그리고 호족이 있더군."

"호족까지……."

"그들을 쿠테란 마을에서 받아줬으면 좋겠다."

"그것은……."

"독단으로 결정할 수 없다는 것은 안다. 하지만 그들을 버릴 수는 없지 않은가?"

"이 친구… 정말 마음에 드는군."

받아들이겠다는 말이었다. 그에 아론은 그의 어깨를 툭툭 치며 자신의 할 말은 다 끝났다는 듯이 자리에서 일어났다. 너무나도 쉽게 끝나버린 은밀한 대화였다.

"우리가 어떻게 하면 되겠나?"

"그들은 현재 코카서스에서 우리 용병대에 의해 보호받고 있다."

"아직 토벌전이 끝나려면 한 달 넘게 남았는데……."

"그 정도는 충분히 견딜 수 있다."

"으음… 그런데."

"묻고 싶은 것이 있나?"

아론의 질문에 약간 고민을 하던 쉼머해드는 이내 털어버리듯이 입을 열었다.

"왜 이렇게 하는가?"

"뭐가 말인가?"

"왜 이종족을 돕느냐는 말이다."

쉼머해드의 말에 그를 빤히 바라보던 아론이 답을 했다.

"다른 종족일 뿐이지 않은가?"

"아~"

그 한마디에 모든 것이 담겨져 있었다. 다른 종족일 뿐. 함

께 살아가는 다른 종족일 뿐. 그 말에 쉼머해드는 식어서 딱
딱하게 굳은 심장이 뛰는 것 같은 느낌이 들었군. 그가 정신
을 차렸을 때 아론은 이미 저만치 걸어가고 있었다.

쉼머해드는 말없이 아론의 등을 바라봤다.

"설마하니 인간에게 그런 말을 들을 줄은 몰랐군."

그러면서 히죽 웃음을 떠올렸다. 아주 만족한다는 듯이.

"이번 용병질에서는 좋은 친구를 만났군. 평생을 같이 할
수 있는 인간 친구를 말이야."

용병으로서 대륙을 떠돌고 있기에 인간과 교류가 많은 쉼
머해드였다. 하지만 그의 친구를 사귀는 폭은 극히 제한적일
수밖에 없었다. 그 이유는 바로 진실을 볼 수 있는 이종족 특
유의 습성 때문이었다.

하지만 그럼에도 불구하고 아론이라는 용병대장은 정말 종
족을 떠나 오래도록 함께 하고 싶은 그런 인간임에는 틀림없
었다. 그는 연신 히죽이며 다시 휘황한 마법등이 번쩍거리고
있는 파티장으로 걸음을 옮겼다.

그리고 파티장으로 들어서 아론을 향해 무슨 말인가를 하
려 하던 찰나에 익히 아는 얼굴의 기사가 아론과 대화하는
것을 보았다.

"무슨 일인가 싶은가?"

그때 쉼머해드의 고개가 쭈욱 치켜 올라갔다. 이자 또한 익

히 아는 얼굴이었다. 바로 임페리움 용병대의 부대주라고 하는 그레이였다.

"자네는 아나?"

"원래 오지 않으려 했는데 대공자라는 자가 초대를 했어."

"그렇군. 그런데……."

"이번에 전과가 상당하거든."

"아!"

그제야 들리는 풍월이 사실임을 인지하는 쉼머해드.

"정말 갈라델 골짜기를 평정한 건가?"

"그래."

"정말 대단하군."

"대단하지."

나직하지만 자신감 넘치는 그레이의 목소리였다. 쉼머해드는 임페리움 용병대의 부대주인 그는 충분히 이런 광오한 말을 할 자격이 있다고 생각했다. 하지만 그의 입에서 흘러나온 말은 그레이가 원하는 말이 아니었다.

"그런데……."

"……."

말을 흐리는 쉼머해드. 그리고 말없이 전방을 직시하는 그레이. 휘황찬란하다 하더라도 달이 모습을 감춘 지독한 밤이었다. 가까운 거리는 모르나 약간의 거리를 두고서는 잘 보이지 않는 것이 인지상정.

허나, 최상급에 이른 쉼머헤드나 그레이트 마스터인 그레이에게는 그런 어둠쯤은 아무런 장애가 되지 않았다. 그들이 직시하고 있는 곳에는 예의 아론이 존재했다.

"누구냐?"

꽤 거대한 체구의 기사가 아론의 길을 가로막았다.

"임페리움 용병대의 아론."

그에 눈썹을 꿈틀거리는 기사.

"감히 천한 용병 주제에 입이 짧구나."

"너도 귀족에게 비하면 천한 놈 아닌가?"

"뭣이라?"

"사람을 봐 가면서 건드리는 거다. 이 멍청한 새끼야."

"정녕 네가 죽고 싶은 모양이로구나."

"그래? 그럼 한 번 죽여보든지."

아론의 거침없는 말에 파티를 즐기고 있던 용병들과 귀족들이 숨길 수 없는 호기심을 드러내며 그 둘의 대치를 지켜보았다. 귀족이든 용병이든 모두 사람이다. 그리고 사람인 이상 불구경과 싸움 구경은 어쨌든 최고니까.

아론의 도발에 심기 불편한 얼굴이 된 기사가 한쪽으로 살짝 고개를 돌렸다. 아마도 자신보다 상관인 기사의 허락을 득하는 것일 게다. 그에 아론은 입가에는 피식거리는 미소를 떠올릴 수밖에 없었다.

이런 말도 안 되는 신고식 혹은 실력을 가늠해 보기 위한 수작질은 용병이나 기사나 전혀 다를 것이 없었기 때문이었다. 물론, 이들의 수작질은 조금 더 고차원적이었다. 용병들이야 즉흥적인 면이 다분했지만 이들은 아니었다.

누군가 명을 내렸고, 명을 받은 자는 작전을 입안하고, 대표를 뽑고, 대책을 마련한다. 그러니까 상당히 계획적이라는 말이다. 아마도 이번 수작도 분명 갈릭 대공자의 명이나 일말의 호기심의 발로에서 시작한 것일 게다.

그리고 기사들은 호승심을 느꼈을 것이고, 귀족들은 천한 용병들이 자신들보다 머리 위에 서는 것을 원치 않았을 것이다. 이런저런 생각이 합치고 합쳐져 대표 기사가 뽑혔고, 지금의 상황이 만들어진 것일 게다.

아론이 잠깐 그 과정을 생각하는 동안 시비를 건 기사는 명령을 받았는지 자신의 검을 집어 들고 있었다. 한 덩치 하는 모양새라는 것을 자신도 아는 탓인지 검의 사생아라고 일컬어지는 쯔바이핸더를 양손에 하나씩 들고 아론을 향해 누런 이를 드러내며 웃었다.

"내년 오늘이 네놈의 제삿날이 될 것이다."

"말로만 싸우나?"

"크큭! 그래. 그래야 재미있지."

기사는 아론 따위는 전혀 아랑곳하지 않는다는 표정을 지어보였다. 고작해야 용병 나부랭이였다. 그런 용병 나부랭이가 아무리 날고 긴다 해도 거기서 거기였다. 물론, 조금 걸리는 것이 있기는 했다.

'너무 평범해 보인다.'

아무리 용병 나부랭이라고 해도 무기를 다루는 용병이다. 하루 이틀도 아니고 수십 년을 굴렀을 것이다. 그런 용병의 기세가 너무 평범했다. 마나를 다루는 익스퍼트였다면 아마도 그 수준을 읽었을 것이다.

허나, 그럴 가능성은 단언컨대 없었다.

'말도 안 되는 소리지. 용병이 익스퍼트라고? 그랬다면 용병들이 이토록 천대받지는 않았을 것이고, 유흥 삼아 다뤄질 수 있는 존재가 아니었겠지.'

그랬을 것이다.

하지만 그렇지 못했기 때문에 용병들은 여전히 천하게 대접받고 있었다. 용병들 사이에서 소드 마스터가 나오지 않는 이상은 말이다. 하지만 지금까지 용병들 중에 마스터가 있다는 말은 들어보지 못했다.

설마 있다 해도 상관없다. 그 소리가 나오는 순간 그 용병은 이미 죽은 목숨이나 마찬가지였기 때문이었다. 귀족들은 용병들을 천한 놈들이라 비웃으면서도 그들 중 소드 마스터가 나오는 것을 극도로 꺼려했다.

용병들 속에서 소드 마스터가 나온다면 용병들은 그를 중심으로 하나로 모일 것이다. 물론, 그렇지 않은 용병도 있을 것이다. 하지만 대부분의 용병들은 소드 마스터 아래로 모일 것이다. 용병이라는 존재가 천하고 마치 모래알과 같지만 그들이 한데 모이면 이루 형언할 수 없는 거대한 산이 될 것이다.

비가 오면 흔적도 사라지는 그런 모래성이 아니라 다지고 다져져 천년 거암처럼 버티고 견뎌내는 그런 거대한 바위산이 될 것이다. 그렇게 되면 귀족들이나 바벨의 탑 혹은 에퀘스의 성역의 기사들은 숨을 죽여야 할 것이다.

아무리 그 질이 떨어진다 해도 한 손으로 열 손을 막을 수는 없는 법이다. 용병들은 모이는 그 순간 모든 세력들에게 재앙이 될 수도 있음이니까 말이다. 그래서 소드 마스터의 조짐이 보이는 용병이라면 귀신같이 횡액을 당한다.

팔이 잘리거나 목숨을 잃는다.

그리고 사람들은 그런 것이 절대 자연적인 상황이 아니라는 것을 안다. 이 기사 또한 알고 있었다. 그것은 이미 공공연한 비밀이었으니까 말이다. 그래서 그는 그저 평범한 용병단의 단장이라고 생각할 뿐이었다.

물론, 익스퍼트에 이른 용병이라고 해도 상관은 없었다. 보통 용병들은 난전에 강하다고 한다. 그 말은 임기응변에는 강할지 모르나 정통적인 대결에서는 약하다는 말이 된다. 왜냐하면 그들 스스로 깨달은 투로이다 보니 정제되지 않았기 때문이었다.

명가라는 것은 오랜 세월 동안 다져지고 다져져 전승되어 내려오는 것을 의미한다. 그래서 마나의 양이나 질에서 조금 뒤쳐질지라도 용병은 절대 기사의 상대가 되지 못한다. 당대에 한한 검술의 약점이 바로 거기에 있었다.

기사는 히죽 웃으며 자세를 잡았다. 아론은 여전히 팔짱을 낀 채 그런 기사를 가소롭다는 듯이 바라봤다.

"정말 죽고 싶은 모양이로구나."

"거 새끼, 말 많네."

지금 아론의 모습은 전형적인 용병의 모습이었다. 어디에도 진중한 모습이나 3천이 넘어가는 용병대를 이끄는 대장의 모습은 보이지 않았다. 그것은 다분히 아론이 의도한 것이라고 할 수 있었다.

아직은 임페리움 용병대가 드러나서는 안 된다. 그렇다고 얕보여서도 안 된다. 여기서 얕보인다는 것은 이 몬스터 토벌전에 참여한 모든 용병들을 대표해서 얕보인다는 것과 다르지 않았으니까 말이다.

한마디로 적당히 해야 한다는 것이다.

'하지만 세상에 적당히란 존재하지 않지.'

적당히란 존재하지 않는다. 물론, 아론과 지금 눈앞에서 투지를 앞세워 자신을 노려보고 있는 기사와의 격차는 크다. 압도적으로 승리할 수도 있고, 또는 겨우 겨우 동수를 이뤄 요행으로 이길 수 있기 조작할 수도 있었다.

아론은 주변을 한 번 둘러봤다. 귀족이나 기사, 그리고 용병들의 눈에는 열망이 담겨져 있었다. 하지만 그들의 눈에 담겨진 열망의 의미는 서로 달랐다. 귀족들은 오랜만에 좋은 구경한다는 의미였고, 기사들은 저 싸가지 없는 용병을 묵사발 내버리라는 압력이었다.

그리고 용병들은 또 한 명의 용병이 실려 나가겠구나. 혹은 천지분간 못하는 놈 때문에 파티의 좋은 안주거리를 제공하겠구나.

또는?

'쯧. 결국 이런 걸 바랬던 거로군.'

'대규모의 토벌전이 있을 때는 행사처럼 열리는 것인가?'

'그래도 젊은 놈인데. 아깝구나……'

'젠장. 귀족 놈들이란……'

대부분 이런 생각이었다. 불쌍하다는 생각. 또 이번 대규모의 몬스터 토벌전을 통해 귀족들과 기사들은 자신의 힘을 과시하고, 용병들에게 알게 모르게 일침을 가한다.

'두 번 다시는 덤비지 마라.'

'고개를 숙여라. 귀족들이 오냐, 오냐 받아줄 때 잘해라.'

'승냥이면 승냥이답게 행동해라. 괜히 사자 흉내를 내지 마라.'

이런 식의 일침 말이다.

말은 하지 않았지만 그들은 이런 계기를 통해 용병들을 다스리고 있는 것이었다. 감히 자신들의 위치를 쳐다보지도 못하게 말이다.

'마음에 안 드는군.'

확실히 마음에 들지 않았다.

자신도 지금 임페리움 용병대가 그 모습을 드러내서는 안 된다고 생각한다. 아직은 시기가 아니기 때문이었다. 하지만 지금 돌아가는 상황을 보니 슬슬 부아가 치밀어 올랐다. 평소에는 냉정하기 그지없는 그였지만 꼭 이럴 때는 전혀 냉정하지 않았다.

'뭐 힘이 없는 것도 아니고. 그리고 한 번 일을 저지른다고 해서 바로 반응이 오는 것도 아닐 것이고… 모르겠다. 지르자.'

포기하듯 장난하듯 생각하는 아론이었지만 그의 상황 판단은 냉철한 것이었다. 그만큼 현재 귀족과 기사들의 권력은 거대하고 또 거대했다. 그래서 저 아래에서 일어난 일이 머리 꼭대기까지 전해기 힘들었고, 설사 전해진다 하더라도 상황에 대처하는데 전혀 신속하지 못했다.

아마도 그들이 대처하기 시작할 때쯤이면 임페리움 용병대는 상당한 자리를 차지하고 있을지도 모를 일이었다. 그리고 그때쯤이면 임페리움 용병대를 함부로 대하기도 힘들 것이다.

'플람베르 가문이 있기 때문이겠지. 우선 우리를 치자면 플람베르 가문을 쳐야 할 테니까.'

그래서 아론은 지르기로 했다.

"똥폼 그만 잡고 이제 그만 들어오지?"

지를 때는 확실히 질러야 한다.

"이놈이 감히……."

"네놈은 감히밖에 모르냐? 어떻게 기사들이란 것들이 언어 구사력이 그렇게도 떨어지냐."

아론의 마지막 말이 결정타였다.

"죽엇!"

두 자루의 쯔바이핸더를 휘두르며 아론을 향해 쇄도하는 기사. 아론은 가볍게 몸을 놀려 그의 검격을 피하고 가볍게 다리를 걸며 툭 어깨를 밀었다.

"어억!"

기사는 중심을 잡지 못하고 앞으로 넘어졌다. 그런데 하필 그곳에 질펀한 웅덩이가 있는 곳이었고, 기사는 얼굴을 그대로 웅덩이에 처박을 수밖에 없었다. 그에 아론은 어깨를 으쓱해 보이며 안타깝다는 듯한 행동을 해보였다.

"이런, 이런. 하필 그게 거기 있었네."

"이익!"

얼굴에 온통 구정물을 묻힌 기사는 곧바로 일어나 아론을 향해 쇄도했다. 이제는 살살하고 뭐고 없었다. 이 창피함을 어떻게 해서든지 되갚아야만 했으니까. 아마도 그렇지 못하면 자신은 두고두고 놀림감이 될 것이다.

물론, 용병과의 싸움에서 이겨야만 가능하겠지만 말이다. 이때까지도 기사는 아론을 반드시 이길 수 있다고 생각하고 있었다. 한 번은 실수할 수 있으니까. 어쨌든 닳고 닳은 용병이니까 말이다.

쇄에에엑!

날카로운 소리가 들려왔다. 그 들려오는 소리만으로 가늠하자면 아론의 목숨은 경각에 달려 있다고 봐도 무방할 정도였다.

'전력을 다하고 있다니……'

'아무리 그래도 용병인데……'

'평생 놀림감이 하나 생겼군.'

기사들이나 귀족들이나 다들 그랬다. 이 상황을 별로 심각하게 생각하지 않았다. 하지만 약간의 수준과 눈썰미, 그리고 실력을 갖춘 귀족이나 기사들의 얼굴은 살짝 딱딱하게 굳어졌다.

'실력 차다.'

'맥의 실력은 하급. 그를 아주 가볍게 다루는 것으로 봐서 적어도 중급에서 상급이다.'

'아마도 용병들의 수준으로 볼 때 충분히 상급에 이른 자일 것이다.'

'위험하군.'

확실히 그들이 보는 눈은 달랐다. 하지만 그렇다고 해서 맥이라는 기사를 말리지는 않았다. 이미 명령은 떨어졌고, 명령을 수행해야 하는 것은 기사로서의 도리였으니까 말이다. 그러는 동안 맥은 미친 듯이 아론을 향해 달려들고 있었다.

티잉!

가벼운 소리가 흘러나오며 내려치던 맥의 쯔바이핸더가 튕겨져 올라갔다. 어느새 투박한 양손대검을 기이하게 움직여 맥의 검을 막아낸 아론은 또다시 연거푸 아래에서 위로 그어지는 쯔바이핸더를 가볍게 발을 들어 피해 버렸다.

맥은 정신없이 베고 찌르기 시작했다. 하지만 단 하나도 아론에게 닿지 않았고, 모든 검격을 튕겨내거나 빗겨내거나, 혹은 피해 버렸다.

"언제까지 피할 생각이냐?"

"지금까지."

"뭐?"

마치 기다렸다는 듯이 답을 하는 아론. 그에 기사 맥은 무슨 상황인지 잠깐 어리둥절해 보이는 얼굴이 되었다. 그리고 아론은 사악한 미소를 떠올렸다. 그 미소를 보는 순간 맥은 뭔가 잘못되어 가고 있음을 직감할 수 있었다.

그리고 그 순간 기사 맥의 시선에서 아론의 신형이 사라졌다.

퍼억!

"꺽!"

무기조차 필요 없었다.

그저 맨주먹이면 충분했다.

복부를 강타한 아론의 주먹에 의해 맥은 입을 찢어질 듯 벌렸고, 그의 입속에서는 타액이 주르륵 흘러나왔다. 그리고 아론은 기사 맥의 복부를 가격한 자세 그대로 기사 맥을 들어올렸다.

"으어억!"

맥이 할 수 있는 것은 그저 비명을 지르는 일밖에 없었다. 허공으로 붕 떠오른 맥. 그리고 이어지는 척추가 박살 날 것 같고 내부 장기가 모두 제자리를 이탈하는 듯한 충격이 전해져 왔다.

"꺼어억!"

입에서 핏물이 포함된 타액이 터져 나왔다. 크게 휙 떠진 맥의 동공이 거칠게 흔들렸다. 아론은 자리에서 일어나 정신을 잃은 맥을 내려다보며 발을 들어 올렸다. 마치 죽여 버리겠다는 듯이 말이다.

"그마안."

그때 누군가 그의 행동을 제지하는 소리가 들려왔다. 들어
올렸던 발을 맥의 가슴에 턱 올려놓은 아론이 그자를 바라봤
다.

"왜?"

"뭐?"

"내가 왜 그만둬야 하지?"

"신성한 대결이다. 죽일 셈이냐?"

"신성한 대결? 그게 무슨 개 거시기 빠는 소리여? 내가 죽으
면 니들이 그런 말했겠냐?"

"그건……."

"말도 못하면서 지랄하기는."

"만약 죽인다면……."

"죽인다면 뭐? 혹시 기사 모독죄나 뭐 이런 것을 들이댈 작
정인가?"

"그것은 당연하다."

"지랄도 풍년이로군. 기사가 죽으면 기사 모독죄에 의한 살
인이고 용병이 죽으면 그냥 대결 중에 죽은 건가? 해석도 참."

그러면서 아론은 지긋이 발에 힘을 가했다.

"끄으윽!"

기절한 기사 맥의 입에서 고통스러운 신음이 흘러나왔다.

"그쯤하면 되지 않겠나? 내가 사과하지."

그때 카랑카랑한 목소리가 흘러나왔다. 그에 모두의 시선에 그곳으로 향했고, 그곳에는 희끗한 머리를 한 날카로운 인상의 노귀족이 서 있었다. 그 옆에는 그와 판에 박은 듯한 얼굴을 한 귀족이 그림처럼 서 있었다.

"사과입니까?"

"그러하네."

"그렇다면 그만둬야 하겠군요."

아론은 선선히 노귀족의 말에 따랐다.

"내 위신을 세워줘서 고맙군."

"위신 때문은 아니고, 그래도 이곳의 주인이지 않습니까? 객으로서 주인의 입장을 감안해야 하겠지요. 그리고 초대 고맙습니다. 뭐 별로 좋은 기억은 아니지만 말입니다."

"그런가?"

가볍게 고개를 끄덕이는 자.

그는 바로 아우슈반츠 백작이었다. 영주 성에 있어야 할 그가 어떻게 이 자리에 있는지 알 수 없지만 어쨌든 그가 이곳에 있다는 것이 중요했다. 제이니스 제국 동부의 실력자인 그가 말이다.

"기사를 치료하게."

그리고 그는 단장에게 명했고, 기사는 명을 따랐다. 귀족들은 그에게 가벼운 예를 취했고, 다시 파티는 진행되었다. 언제 그런 피가 낭자하는 결투가 있었느냐는 듯이 말이다.

"잠시 대화를 나눴으면 하는군."

"그러시죠."

선선히 제안에 응하는 아론. 그러면서 슬쩍 갈릭 대공자를 바라봤지만 갈릭 대공자는 별다른 표정을 짓고 있지 않았다. 아우슈반츠 백작과 아론은 한적한 곳, 즉 대공자의 막사로 안내했고, 간단한 다과와 차를 내온 후 모든 인원을 물렀다.

"부대장이 함께 왔는데 그를 불러도 되겠습니까?"

"부르게."

"고맙습니다."

사람을 불러 그레이를 불렀다. 네 명은 정적 속에서 차를 나눠 마셨다. 물론, 그레이는 전혀 차를 하지 않았지만 말이다. 아론은 백작이 먼저 입을 열기를 기다렸다. 한참 차를 마시는데 집중하던 아우슈반츠 백작이 드디어 입을 열었다.

"내가 왜 불렀는지 알겠나?"

"모릅니다."

어떤 미사여구도 없이 솔직 담백한 아론의 말에 고개를 끄덕이는 아우슈반츠 백작. 여타의 귀족이라면 불같이 화를 낼 일이었으나 백작은 그런 것쯤은 아무런 신경조차 쓰지 않는다는 듯이 담담했다.

"먼저 소개해야겠군. 로머스 아우슈반츠 백작이네."

"로머스……."

아론은 그의 성보다 이름에 집중했다.

"무슨 의미인지 알겠나?"

"용병이었습니까?"

"뛰어나군. 그렇다네."

보통 용병은 머시너리라는 말을 많이 사용한다. 하지만 실제 사람들은 그들을 일정하게 머무는 거처가 없어 이곳저곳 떠돌아다닌다고 해서 로머라고 한다. 로머스란 바로 로머의 복수자로서 용병들이란 뜻을 가지고 있었다.

"그리고 이놈은 용병 생활 때 낳은 놈이지."

"그렇군요."

그렇게 그들의 대화는 시작되었다.

『용병들의 대지』 7권에 계속…

초대형 24시 만화방

신간 100%, 샤워실, 흡연실, 수면실(침대석), 커플석, 세탁기 완비

■ 시흥 정왕25시점 ■

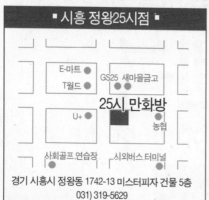

경기 시흥시 정왕동 1742-13 미스터피자 건물 5층
031) 319-5629

■ 강북 노원역점 ■

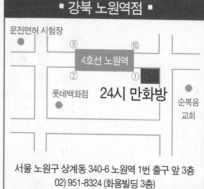

서울 노원구 상계동 340-6 노원역 1번 출구 앞 3층
02) 951-8324 (화용빌딩 3층)

■ 일산 정발산역점 ■

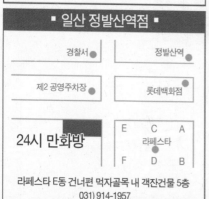

라페스타 E동 건너편 먹자골목 내 객잔건물 5층
031) 914-1957

■ 일산 화정역점 ■

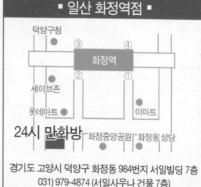

경기도 고양시 덕양구 화정동 984번지 서일빌딩 7층
031) 979-4874 (서일사우나 건물 7층)

■ 부천 역곡역점 ■

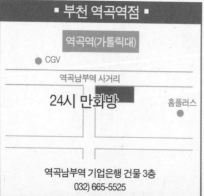

역곡남부역 기업은행 건물 3층
032) 665-5525

■ 부평역점 ■

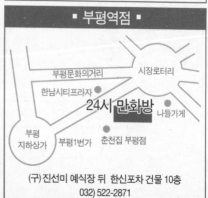

(구) 진선미 예식장 뒤 한신포차 건물 10층
032) 522-2871

이계진입
리로디드

임경배 퓨전 판타지 소설

FUSION FANTASTIC STORY

Book Publishing CHUNGEORAM

유행이 아닌 자유추구 -
WWW.chungeoram.com

FUSION FANTASTIC STORY

가프 장편소설

시크릿 메즈

SECRET MEZ

─너는 10,000개의 특별한 뉴런을 더하게 되었어.
매직 뉴런, 불멸의 뉴런이지.

실험실 알바를 통해 만난 '6번 뇌'.
우연한 만남은 이강토를 신비의 세계로 이끈다.

『시크릿 메즈』

매직 뉴런을 탑재한 이강토의
정재계를 아우르는 좌충우돌 정의구현!
긴장하라, 당신이 누구든 운명은 이미 그의 손안에 있으니!

"무슨 꿍꿍이가 있는지, 어디 한번 봐볼까?"

Book Publishing CHUNGEORAM

유행이 아닌 자유추구 ─
WWW.chungeoram.com

FUSION FANTASTIC STORY

김대산 장편소설

온 밴라치

2년 차 대한민국 취업 준비생 김철민.

친척 하나 없는 사고무친의 처지로 앞날이 막막하기만 하던 어느 날,
우연치 않게 산 로또가 1등에 당첨된다.
아니, 그가 1등에 당첨되도록 만들었다.

혼자만의 상상으로만 해왔던 이상한 놀이
'시거'가 현실로 이루어진 것이다.

졸부(猝富), 그리고 '시거'와 함께
또 하나의 이상한 현상인 '슬비'가 더해지면서,

그의 일상은 이윽고
예측할 수 없는 격변 속으로 빠져든다.

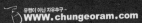

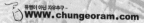

이모탈 퓨전 판타지 소설
FUSION FANTASTIC STORY

용병들의 대지
Road of Mercenaries

이 세계엔 3개의 성역이 존재한다.
기사들의 성역, 에퀘스.
마법사들의 성역, 바벨의 탑.
그리고··· 그들의 끊임없는 견제 속에 탄생하지 못한

『용병들의 대지』

전쟁터의 가장 밑을 뒹굴던 하급 용병 아론은
이차원의 자신을 살해하고 최강을 노릴 힘을 가지게 된다.

그의 앞으로 찾아온 새로운 인생!
아론은 전설로만 전해지던
용병들의 대지를 실현시킬 수 있을 것인가!

Book Publishing CHUNGEORAM